由韩国文学翻译院资助

# 二十世纪韩国现代文学入门

[韩]李南昊 [韩]禹璨济 [韩]李光镐 [韩]金美贤 著 韩 梅 译

中国社会科学出版社

历史背景下，韩国文学孕育出了无数优秀的作家、诗人及文学作品，这些具体证实了韩国苦难的历史，表现出韩国人追求美好生活的理想。换言之，它们极其具体地表现出20世纪韩国人的生活，丰富多彩地展现出韩国人的思想、感情以及韩国人追求的价值观和美学思想。

20世纪的韩国文学有着丰富的内涵，要对其进行简单的梳理，就不得不冒着排除多样性、将其单纯化的风险。因此，笔者不得不在书中对多种文学性质进行了简单化整理，将很多重要作家和诗人的作品以及评论、随笔等文学体裁排除在外，尽量让本书成为一部简明扼要的20世纪韩国文学概论。本书将20世纪分成了4个时期，首先简单概述各个时期的社会、文学性质，然后介绍各个时期的代表作，特别是侧重介绍主要作品，而没有把重点放在论述其文学史意义或评论上。此外，本书尤为重视对当代韩国文学的介绍，花较大的篇幅介绍了20世纪70年代以后的作品，特别是突出介绍了20世纪90年代以后的诗人和作家。

本书也没有涉及南北朝鲜分裂后北方的文学作品。毋庸置疑，朝鲜的文学也是韩国文学的一部分，但是，由于朝鲜政治上的特点，其文学极为单调、特殊，需要在另外的场合用不同的视角加以理解，因此本书暂不涉及。

　　本书原文为韩国语，被翻译成英文和中文出版，这是因为本书的目的是帮助外国人轻松地理解20世纪的韩国文学。希望本书能够对关注韩国文化与文学的外国读者、海外韩国学专业的学生和研究人员、关注韩国文学出版事业的海外出版策划者等各个领域的人士在一定程度上理解20世纪的韩国文学有所帮助。

作者<br>2001年11月

# 目　录

序言 ………………………………………………（1）

第一章　近代文学的形成
　　　　（1900—1945 年）………………（1）
　一　概况 …………………………………………（1）
　二　对小说与生活的近代探讨 …………………（7）
　三　失落时代的悲歌 ……………………………（15）
　四　现实认识与写实主义小说的绽放 …………（22）
　五　小说意识的深化及多种探索 ………………（30）
　六　诗歌意识的深化和多种探索 ………………（38）

## 第二章  分裂及战后文学

（1945—1970 年）………………（46）

一　概况………………………………（46）

二　韩国抒情诗的最高峰 ……………（49）

三　对自然和人生的探索 ……………（54）

四　对传统叙事的继承及对人性的肯定 ……（61）

五　追求诗歌与语言自由的实验 ……（66）

六　政治生活和实际生活 ……………（74）

## 第三章  产业社会的文学

（1970—1990 年）………………（83）

一　概况………………………………（83）

二　产业化的阴影 ……………………（87）

三　对分裂现实的探索 ………………（93）

四　社会想象力的扩大 ………………（99）

五　女作家的声音 ……………………（106）

六　对存在的探索与崭新的语言 ……（114）

七　小说空间的扩大 …………………（120）

八　诗歌的时代与语言的解体 ………（127）

第四章　大众消费社会的文学
　　　　（1990—2000 年）……………（134）
　一　概况 …………………………………（134）
　二　都市想象力与女性化抒情……………（137）
　三　逃避的想象力与新写实主义 …………（145）

# 第 一 章

# 近代文学的形成
# (1900—1945 年)

## 一 概 况

19世纪末20世纪初,韩国社会出现了从封建社会步入近代社会的多种征兆,韩国人一面与外国势力竞争,一面努力确立民族自主精神,在与传统的矛盾冲突中接受新的文明和制度,希望建设近代社会。然而,1910年,韩国不幸被日本帝国主义强行吞并,丧失了国家主权,此后,韩国人受到了日本帝国主义严酷的政治压迫和经济掠夺。为了恢复国家主权,1919年,韩国人掀起了被称为3·1运动的非暴力独立运动,却未能取得成功。日本帝国主义的殖民地政策极为残酷，韩国人在悲惨的处境中仍然努力坚守民族精神，接受近代文明，积极促进韩国社会的发展，特别是很多年轻的知识分子试图通过文学和教育对本民族进行启蒙，创造出高水平的近代文学。与此同时，反抗日本帝国主义统治的抵抗运动一直在进行之中。日本帝国主义开始侵略中国和东南亚，并悍然发动太平洋战争，局势随之进一步恶化。日本帝国主义逼迫韩国人改名换姓，禁止韩国人使用韩国语，妄图以此抹杀韩国人的民族性。但是，韩国人在国内外开展了反抗日本帝国主义的抵抗运动，其中既包括以中国上海为根据地的韩国临时政府领导的有组织的独立运动，也包括在各地展开的很多零星的独立运动。1945年8月15日，第二次世界大战结束，韩国终于迎来了解放。

从19世纪末开始，韩国逐渐形成了新的社会文化环境，韩国近代文学即起源于此。使用韩文的书籍和报纸在大众中得到广泛普及，文体也随之变得简明，新思想和新文明不断被介绍到韩国国内，人们开始形成个人意识和对日常性的认识，对市民社会制度的认识也随之产生。

20世纪前后，韩国出现了介绍并赞美近代生活方式和思想的诗歌，这就是单纯的启蒙诗歌。20世纪20年代，韩国近代诗歌正式出现。1919年3·1运动失败之后，年轻的诗人们开始用崭新的语言吟咏充满虚无主义或颓废浪漫主义情调的个人感伤和愤懑，出现了一批优秀的抒情诗人，他们直面民族的现实，平静地吟唱失去故土的悲哀。金素月、金亿、朱约翰、卞荣鲁、朴英熙、黄锡雨、李相火等就是这一时期的代表诗人，特别是金素月在《金达莱花》中用传统的抒情和韵律出色地抒发出失落的情绪，韩龙云在《情人的沉默》中用独特的思想和语言吟咏民族的现实，这两位诗人标志着韩国近代诗歌的成熟。

　　20世纪30年代，由于语言水平的提高和现代派文学影响越来越大，韩国诗歌更加多姿多彩，朴龙哲、金永郎、郑芝溶等人主张文学是语言的艺术，对语言的雕琢和韵律的探索是诗歌的重要因素，并努力将这一原则贯彻于创作实践。金永郎将南方地区的抒情和韵律运用得如行云流水，郑芝溶通过对语言的节制及对鲜明视觉意象的灵活使用，开启了诗歌创作的新一页，金起林、金光均、张万荣等人则以都市的感性为基础来进行诗歌创作。

　　另一方面，前卫诗人兼小说家李箱全盘否定了以前的文学语言和思想，尝试进行新的实验，他创作出《乌瞰图》等多首诗篇，揭示出绝望的自我意识，对文学习惯进行了令人瞠目的解体。与此相反，白石以土俗方言为基础对传统生活感情进行了形象化，李庸岳以抒情的笔调吟咏了悲惨的民族现实，20世纪30年代后半期，朴木月、朴斗镇、赵芝薰等人从实现生命和谐与凋敝的社会现实形成对比的大自然中寻找美和心理安慰，李陆史的诗歌作品吟咏着对殖民地苦难现实的忍受和反抗，尹东柱用优美的语言歌唱在殖民地现实中苦苦忍耐的纯洁灵魂满腔的羞愧之情。

在小说方面，20世纪前后出现了一批用新形式、新文体创作新内容的作家，这就是李仁植、李海朝、崔瓒植等。不过，他们的小说仍然属于前近代的叙事作品，真正的近代小说出自李光洙之手。李光洙的长篇小说《无情》是韩国第一部近代小说，在形式、内容、文体等方面掀开了韩国小说的新篇章。在这部作品中，李光洙批判传统的价值观和风俗习惯，提倡男女平等、自由恋爱、自我实现等近代价值观。

20世纪20年代，继李光洙之后又涌现出不少作家，其中的佼佼者当属金东仁。金东仁反对启蒙文学，对生活与现实的矛盾进行了真实的描写，进一步完善了李光洙创建的小说文体。如果说，20世纪20年代前半期文学主流是浪漫的修辞学，文学着重发掘陷入绝望与忧伤的生活及个人，那么从1925年前后开始，以努力客观认识民族社会现实为主的现实修辞学越来越占据重要的地位。金东仁反对启蒙主义，大力提倡纯文学，强调心理描写和性格刻画，廉想涉既忠实于近代写实主义文学，又努力发掘个人，玄镇健注重探索个人与社会之间的关系，罗稻香表现出对艰苦时代民众现实的深入思考，崔曙海根据自身的实际体验，强烈表达出被异化的民众阶层满腔的愤怒和反抗，赵明熙试图把社会主义理念与具体的现实统一在叙事文学之中。这些作家的作品是20世纪20年代韩国小说的代表。

20世纪30年代，韩国小说呈现出更为多样的面貌，不仅题材和内容更加丰富多彩，小说的形式也更加富有个性，异彩纷呈，引人注目的长篇小说也大量出现，以传统的生活空间——农村的生活为素材的作品很多，描写新兴都市文明的小说也不少。朴泰远、蔡万植、俞震午等人创作都市小说，描写城市的生态及人的拜物倾向，李光洙、沈勋、李无影、李基永、金裕贞等创作农民小说，用多种方式反映农村的苦难现实，廉想涉、蔡万植、金南天等创作家族史小说，通过家族在时代剧变中的命运反映民族的命运，李箱、崔明翊、许俊等人开启了韩国心理小说的新时代，李泰俊、李孝石等人的作品充分展现出优秀短篇小说的精华，姜敬爱、白信爱、金末峰、朴花城、崔贞熙、林玉仁、池河莲等多位女作家真实描写出在艰难的殖民地社会现实中女性艰辛的命运，将女性文学推向了一个高峰。

在戏剧方面，20世纪初出现了新派剧，进入20世纪20年代后，戏剧作家为创建近代戏剧所做的努力尤为引人注目。金祐镇、朴胜喜等人创作的近代写实主义戏剧突破了新派剧中绝望、自暴自弃的情绪，以写实的舞台布景为基础，致力于真实表现摆脱殖民统治和传统习俗束缚的愿望。20世纪30年代，柳致真进一步提高了韩国写实主义戏剧的水平，他一方面尖锐地揭示出殖民地社会荒凉、凋敝的现状和结构性矛盾，同时努力将写实主义精神与戏剧的娱乐性结合在一起，他还从历史意识出发，创作了通过历史认识现实并间接批判现实的历史剧。此外，吴泳镇、尹白南、蔡万植、咸世德等人也积极进行了戏剧创作活动。

## 二　对小说与生活的近代探讨

　　1910年，韩国被日本强行吞并，失去了政治自主权。丧失了国家主权之后，韩国作家努力在近代思想的基础上创作新的文学作品，李光洙（1892—?）是其中的代表。李光洙追求理想主义，试图利用文学进行民族启蒙，在《幼小的牺牲》（1910）、《无情》（1910）、《少年的悲哀》（1917）等初期的短篇小说中，李光洙主张打破旧制度和旧道德，建立新的伦理道德意识。他认为，封建家族制度和婚姻制度束缚、压制个性和思想自由，因此，他的小说主张通过自由恋爱、新式教育舒展个性，其代表作是长篇小说《无情》（1917）。

　　《无情》是真正以韩文文体创作的韩国第一部近代小说。主人公李亨植自幼失去父母，在朴英彩之父朴进士的抚育下长大成人，赴东京留学归来后在京城学校作英语老师。他自诩为近代文明的先驱，热情洋溢地向学生们传授近代文明，同时他感到自己仍然有很多不足之处，考虑去美国留学，接受更先进的近代教育后再回国从事民族启蒙运动。就在这时，有人请他到首尔的富豪金长老府上给金长老之女金善馨上英语课。来到金长老府上后，他惊艳于金善馨出众的美貌，得知金长老府上把他看作将来的女婿之后，李亨植更加激动不已，因为金善馨既是开明的富豪之女，又是美貌的新女性，如果能和她结婚，自己的美国留学梦也会随之实现。但是这时候，与他已经订婚的未婚妻朴英彩来找他。

具有传统道德意识的朴英彩向李亨植讲述了以前的事，并表明自己在艰苦环境中也一直为未婚夫坚守节操。李亨植陷入了矛盾之中，不知道自己应该信守养育、教导自己的恩师给定下的婚约，还是应该忠实于自己的爱情与金善馨结婚。就在这种紧张的三角关系一直持续的过程中，李亨植亲眼看到英彩被恶棍强奸，被强奸的朴英彩给李亨植留了一封遗书，去平壤自杀。看到遗书后，李亨植外出寻找朴英彩，却一无所获。在回来的路上，李亨植正式收到了金长老府上的求婚，并表示接受。

想要自杀的朴英彩坐上了开往平壤的火车，在车上，她遇到了近代新女性金炳昱，金炳昱是在日本留过学的音乐家，她批判女性服从家长制权威的生活，向朴英彩强调自由恋爱的重要性，告诉她，长辈根据传统习俗不问她本人的意愿和感情给她定了婚，她因为在这样的未婚夫面前被强奸就要自杀是愚蠢的行为，劝告朴英彩开始新的生活。金炳昱的劝说使朴英彩幡然醒悟，她脱胎换骨，转变为一个具有主体意识的近代女性，并决定与金炳昱一起去日本留学。

出发去美国留学的李亨植、金善馨和要去日本留学的朴英彩、金炳昱碰巧在一个车厢里相见，对留学的憧憬让他们非常兴奋，后来看到水灾地区的惨状，他们切身体会到自己必须学好新文明对韩民族进行启蒙。后来，他们都顺利完成了留学生活，取得了很大成就。

如上所述，《无情》在内容上是两个方面的结合。首先，它把三角恋爱关系作为基本的叙事结构，三角关系在这一作品中备受瞩目，这是因为它的故事背景是处于形成过程中的近代风俗。当时韩国正处于前近代的婚姻观与近代的自由恋爱风潮相互混合、相互碰撞的时期，作者敏锐地捕捉到了这种风俗的变化，将其反映在朴英彩和金善馨的性格塑造（characterization）方面。因此，主人公李亨植在朴英彩和金善馨之间的犹豫不决并不仅仅是对两个女性取舍的犹豫，而是在前近代的儒家伦理道德与近代的自由恋爱之间的彷徨。第二，《无情》的主题思想表现为理想主义或者说是启蒙主义，李亨植等《无情》中的人物认为当时的生活必须改良，人们是启蒙的对象，他们试图摆脱旧制度、旧道德、旧生活，谋求建设理想的近代社会。为此，他们认为需要多做准备，去美国或日本学习新文明就是为启蒙运动所做的准备之一。综上所述，《无情》一方面通过三角恋爱的结构反映了当时的风俗，提供了一定的趣味性，与此同时，在思想方面坚持追求建设近代社会的理想主义观点。

不过，《无情》也被批评者指出理想主义倾向的启蒙性太强，缺乏具体的历史意识，而且沿袭了前近代的"大团圆结局"。继《无情》之后，李光洙还创作了《泥土》（1933）等农村启蒙小说和《端宗哀史》（1929）、《李舜臣》（1932）、《元晓大师》（1942）等历史小说。

对李光洙的启蒙主义文学，作家金东仁（1900—1951）反对得最为强烈，他试图突破从传统的叙事手法一直延续到李光洙小说的前近代要素，他反对文学的教育性和启蒙性，反对朴素的现实反映论。他认为小说是"创造自我世界"，强调文学的艺术自律性。因此，他的作品既冷静客观地反映出近代生存的悲剧性，又表现出唯美主义倾向。金东仁对小说文体的近代化也作出了很大贡献，他在自己的小说中大量使用了李光洙率先尝试的过去式和第三人称代名词。

金东仁在《船歌》（1921）中以不道德的乱伦为主题，在《土豆》（1925）里讲述了一个被恶劣环境毁灭的女人的人生，女主人公福女虽然贫穷，却是一个朴实的姑娘，为了钱嫁人之后，她的性格发生了变化，尤其是因为丈夫的无能，她被迫住进贫民窟后不得不靠卖身维持生计。作家同时描写了福女卖春的过程和道德堕落乃至毁灭的过程，最终福女在扭曲的肉欲和物欲的恶性循环中迎来了悲剧性的毁灭。福女的人生和死亡可以说是金钱的匮乏及由此造成的贫民窟环境酿成的悲剧。

另一方面，金东仁在以艺术家为主人公的艺术家小说中充分表现出了自己的特点。短篇小说《狂炎奏鸣曲》（1930）和《狂画师》（1935）是其中的代表，前者讲述了一个狂躁到无法自控的天才音乐家的故事，后者讲述了追求绝对美的画家的故事。金东仁小说中的艺术家大都通过狂躁或怪诞的行为表现出艺术天才。《狂炎奏鸣曲》中的作曲家白成洙就是这样一个人物，为了创作自己的音乐，他不惜作出"放火、亵渎或奸污尸体、杀人"等各种疯狂的

恶行，因为只有这种疯狂才能使他产生艺术冲动，
发挥出潜在的天赋。白成洙是个遗腹子，他的父亲
也是一个创作狂野音乐的天才作曲家，由于生活放
荡而早逝，白成洙在母亲的精心抚育下长大，虽然
家境贫穷，但他受到在音乐方面的教育，初中毕业
之前，他一直生活在对音乐的憧憬之中，可是由于
家境不好，他只好放弃音乐学习去工厂工作，尽管
如此，他并没有放弃对音乐的热情。后来母亲染上
重病，他去为母亲找大夫，途中经过一个无人看管
的店铺，无意识中去偷钱却被发现了。他向店铺主
人说明自己的家庭情况，请求对方原谅自己，却立
即被警察带走，被判了6个月徒刑。获释之后，他发
现外出等儿子回家的母亲6个月前已经去世，自己却
连母亲的葬身之处都无从得知。

　　创作《狂炎奏鸣曲》的那天夜里，白成洙为了
寻找住处，偶然来到了那个店铺前。出于强烈的复
仇心理，他趁着一片黑暗纵火点燃了店铺，怀着既
不安又痛快的双重心理看着自己点燃的大火燃烧，
接着他冲进了教堂，像中了魔一样开始按动钢琴琴
键，那不是有意识的演奏，而是潜意识能量的爆发。
"可怕的感情"、"野性的力量和男性的呐喊"爆发出
的是"凄惨"和"狂暴"，野蛮人的声音超越了人与

神的伦理道德，像火焰一样熊熊燃烧。但是到了 K 先生家之后，他无法再次演奏出自己刚才创作的音乐，这证明白成洙的艺术创作能量只有在不正常的狂躁状态下才能够释放出来，他的音乐是离开狂躁就无法创作出来的魔性世界。为了创作出这种音乐，他不断地纵火，但是刺激的强度降低了。因此，白成洙做出了比纵火更具刺激性、更有挑战性的疯狂行为，他残忍地亵渎尸体后创作出《血的旋律》，他从公墓中挖出女尸奸污后创作了题为"死灵"的音乐，就这样，白成洙最终走上了杀人的道路。

简而言之，对白成洙来说，音乐是做出各种疯狂行为后才能获得的野性旋律。从这个角度来说，金东仁眼中的艺术家在现实中受到诅咒，同时要通过诅咒现实来证明自己的存在，在日常现实中极其弱小的存在却能在异常疯狂的世界里发挥出艺术天才，这一点与病态浪漫主义十分相似。

金东仁在《狂炎奏鸣曲》中探讨了音乐的世界，在《狂画师》中则描写了画家的世界。小说《狂画师》描写了追求绝对美的画家率居的悲剧人生及其对与自身人生背道而驰的绝对艺术性的追求。在这一作品中，金东仁仍然是步入了肉欲和自我毁灭的冲动所造就的幻想、逃避的梦境，沉浸在病态的唯美和浪漫的迷醉之中。20世纪30年代，金东仁的艺术家小说追求艺术至上主义和浪漫的幻境，成为解决生活与艺术分裂的手段之一，毋庸置疑，他的魔幻唯美主义属于病态的浪漫主义，以病态的方式反映出封闭时代的黑暗与哀愁，是在庸俗的现实中追求绝对艺术性的产物。总之，金东仁试图用艺术超越封闭时代的痛苦。

玄镇建（1900—1943）是20世纪20年代的优秀短篇小说作家之一，初期他主要以第一人称独白的形式刻画了因无法适应苦难的殖民地现实而焦虑的知识分子形象，如《贫妻》（1921）、《劝酒的社会》（1921）、《堕落者》（1922）等作品。后来，在《运气好的日子》（1924）、《火》（1925）、《市立精神病医院院长》（1926）等作品中，他开始使用第三人称叙述，更为广泛地描写了当时现实的苦难。他以洗练的文字进行写实性描写，奠定了写实主义小说的基础。罗稻乡（1902—1927）在《欢喜》（1922）中表现出浪漫的颓废主义风格，但是在《水磨坊》（1925）、《哑巴三龙》（1925）等作品中克服了颓废主义，创作出近代写实主义小说。生活极为贫困的作家崔曙海（1901—1932）基于自身的体验，用充满激情的语调描写了苦难时代的生存和死亡，在《饥饿与杀戮》(1925)、《朴石之死》(1925)等作品中,他主要讲述了有关贫穷生活及由此导致的死亡、复仇的故事,无法摆脱的经济困境、由此引起的艰苦生活、危机发生、找不到解决危机的施助者或者得不到帮助、危机中的人物死亡、死亡引发复仇心理、杀人或者纵火等反抗和报复的场面是崔曙海小说中常见的内容。

## 三 失落时代的悲歌

20世纪20年代的韩国文学是用想象反映失落时代的产物,1910年日本帝国主义强行吞并韩国,并在此后10年内建立起殖民统治的基础,到了20世纪20年代,政治、经济、社会、文化等各个方面都具体显现出丧失国家主权的痛苦。在20世纪20年代的诗歌中,亡国之痛常常被形象地表述为"失去故乡"、"失去恋人",金素月和韩龙云就是从不同的侧面突出表现出这种失落感的代表性诗人。

金素月(1902—1934)是韩国代表性的民族诗人,在失去了故乡的时代,他通过原始的思念之情呼吁恢复人的尊严、实现民族独立。他的诗歌忠实于韩国传统感情和韩民族的集体无意识,同时又忠实于他所处的失落时代的现实,表现出真挚性。在金素月进行诗歌创作时,韩国文坛正在强调"朝鲜主义",韩国文人用"朝鲜魂"、"朝鲜心"、"朝鲜的脉搏"等词汇表现出对失去的一切的向往和追求。当时,金素月没有提出什么抽象的理论观点,而是选择"金达莱"等在韩国各地盛开又凋谢的具体意象唤醒民族感情。他在诗歌中使用的词汇也大都是常用的基本词汇,他用人们耳熟能详的语言歌唱人们熟悉的感情,同时又创造出新鲜的紧张感。基层词汇是在灵魂深处调节并支配思想感情的无意识语言,诗人金素月用这种基层语言配以民谣的韵律创作出的诗歌作品带给读者强烈的感情冲击。他常用的词汇是"恋人"、"家"和"路",他反复吟唱的是失去恋人、无家可归、无路可走,对恋人、家和路的浪漫憧憬以及这种思念无法得到释放是金素月诗歌的基本意象。在诗集《金达莱花》(1925)中,恋人是叙述者无法靠近的思念对象,在现实中根本不存在,无法因爱情的喜悦而欢欣雀跃,他所抒发的是对已分手的恋人、已失去的恋人浪漫的憧憬。诗歌作品《金达莱花》的内容就是在失去爱情后与恋人分离,通过自相矛盾的表述,作品表现出浪漫爱情的极致。而在《招魂》中，恋人是一个"喊得要令我气绝的名字"。

> 红日挂在西山，
> 鹿群也在哀鸣。
> 我站在孤独的山头，
> 呼唤着你的名字！
> 呼唤着，声声饱含着悲伤！
> 呼唤着，声声饱含着悲伤！
> 喊声已经发出，
> 天地间却过于宽广。
>
> 我所爱的人儿啊！
> 我所爱的人儿啊！
> 喊得要令我气绝的名字啊！
> 即使伫立着变成岩石
> 我也要呼唤。
>
> ——节选自《招魂》

这首诗极其强烈地表达出失去爱情的悲哀，在这里，强烈的悲哀就是殷切的思念。金素月吟咏的多是这种与恋人离别的悲哀和对离去恋人的思念、一去不复返的爱情、即将失去的预感引发的悲伤等，无法实现的爱情即失去恋人的主题与无家可归、无路可走的主题相互呼应，增强了作品的现实感。由于叙述者是在无家可归、无路可走的绝望状况下抒发对离去恋人的热切思念，因而这种抒情具有更强的感染力，其感人的程度与恨也有关系，对爱情的浪漫想象和现实之间的矛盾越深，恨就越深，抒情的感染力就越大。

金素月深谙如何把孤独痛苦的存在状况升华为诗歌，他的作品中没有恋人、没有家也没有路，这种基本状况表现出叙述者极度孤独的处境。金素月的佳作之一《山有花》将这种孤独提升到了一个更高的水平，在这首诗中，叙述者歌颂山、花、鸟等大自然的象征物，在山中，花与鸟相互映衬，看起来是一道美丽的风景。但是，这首诗并不单纯是田园牧歌式的抒情，在第二节"山中／山中／开放的花儿／就那样独自开放"中，"就那样独自开放"突然造成了陌生的紧张感，其中蕴涵着对寂寞绽放的野花一片怜爱之情，也就是悲天悯人之心（cosmic pity）。这种堪称文学基本精神的怜悯之心增加了抒情的感染力，而对对象的这种认识又来自切实体会到孤独之苦的叙述者，因此更为真挚。金素月就这样通过民谣的韵律表达对浪漫爱情的憧憬乃至悲天悯人之心等细腻的主题,唤醒了韩民族的集体无意识。

万海韩龙云(1879—1944)是韩国近代诗歌史上一位伟大的抒情诗人、独立运动家、佛教高僧,他的诗表现出在艰苦时代隐忍的抒情诗所具有的强大力量和高超智慧,他在韩国文学传统中重新发现了佛教的冥想与形而上学思想的重要性,在他的诗魂中,佛教思想与民族、民主思想以及文学思想成为一种美学。在失落的殖民地时代,或者用他的比喻来说,在沉默的时代,他是一位吟唱反抗之歌的诗人,他生活在恋人沉默的时代,出于希望恋人复活的强烈愿望,他向恋人吟唱爱情之歌,他是在殖民地时代坚守民族精神的民族诗人,其诗集《你的沉默》(1926)中收录的都是用具体的感性巧妙表达佛教高深感悟的杰出诗篇。

> 你走了,啊,啊,我爱的人走了。
> 打破葱郁的山色,向着火红的枫林,沿着蜿蜒的小路,你真地走了。
> 旧日的誓言曾像黄金花朵一样坚硬而闪光,如今却变成冰冷的尘埃,随着微风飘散。
> 初吻鲜明的记忆拨动了我命运的罗盘,然后

却转身后退、消失了,

你甜蜜的话语和俊美的容貌让我如痴如醉。

爱情并非永恒,相见时就该担心分离,但离别还是出人意料,让我肝肠寸断。

不过我知道,为离别徒然流泪是自毁爱情,所以我用无法抑制的悲哀浇灌新的希望。

就像相见时我们总担心离别,离别时我们相信一定会重逢。

啊,你走了,但是我没有送你走。

不成调的情歌围绕着你的沉默。

——《你的沉默》

韩龙云的代表性诗作《你的沉默》是围绕着沉默的恋人边走边唱的叙述者——"我"的情诗。恋人走了,自己爱的人走了,但是叙述者却宣称,"你走了,但是我没有送你走",因为他希望"就像相见时我们总担心离别,离别时我们相信一定会重逢",这种信心和希望使他能够吟唱出围绕着沉默恋人的情歌。诗人韩龙云所生活的日本殖民统治时期是一个充满矛盾的时代、一个沉默的时代,即恋人沉默的时代。但是恋人沉默并不意味着恋人永远消失了,万海发现了恋人的实体,向他唱起情歌。也就是说,在恋人不得不沉默的殖民地时代，万海意识到并宣扬永恒的民族之魂，充分表现出最广泛、最高尚、最深刻的人性，他还用现代的方式重新组织起韩民族的传统精神，创造出最闪光的艺术形象。

对用沉默进行强烈反抗的诗人韩龙云来说，"恋人"是一个核心词汇，具有深奥的含义，既可以解释为祖国、恋人、佛教真理，也可以用更广泛、更根本的观点阐发为生命的根本价值，也包括韩龙云诗歌的创造性原理和本质。因此，《你的沉默》是一本表达对"我爱的、也爱我的"恋人无限思念的诗集，而这个恋人是一个通过离别被升华为思念的创造性存在。万海韩龙云还创作了诗歌《离别创造美》，他在这首诗中表示，离别之所以美丽，是因为它重新创造出本质意义，离别使人"在泪水中死去，在笑容里复生"。

在这种吟咏离别的诗歌中隐含着以离别为契机进一步加深爱情的悖论，通过离别，人们不仅可以深刻认识恋人的面貌和本质，还可以进一步深入认识爱以及被爱的自我。《看到了你》写的是与恋人离别后又在遭受凌辱时与恋人重逢，与恋人的重逢使叙述者领悟到"永恒的爱情"，强烈表现出要重新开始新生活、创造新历史的愿望。与此同时，诗人在

《来吧》中对沉默的恋人大声呼喊，"来吧，你该来了，快来吧"，"我"如此自信地呼唤恋人，因为"我"已经做好了迎接恋人的一切准备，既具备了足够的智慧，有能力扫除一切使恋人沉默的障碍，打破迫使恋人和自己离别的一切压迫，能够化为一片美丽的花海，让恋人快乐地坐下来，如果恋人遇到危险，也可以化身为钢铁盾牌来保护他，为迎接恋人的到来甚至做好了献出生命的准备，"我"不惧死亡，渴望为恋人献出无限的爱。韩龙云的诗歌通过辩证的推进，描绘出"与恋人相爱—离别—恢复爱情"的过程，这与佛教中达到大彻大悟的过程相似。总之，韩龙云的诗歌是在恋人沉默时向恋人唱出的火热情歌，也是彻悟之歌。

## 四　现实认识与写实主义小说的绽放

廉想涉与蔡万植是这一时期的写实主义作家代表，在创作时期、作品数量和水平等几个方面都被公认为代表性作家，如果说中产阶层出身的廉想涉试图用比较中立的视角观察社会现实、风俗和社会生活的话，蔡万植则表现出对殖民地现实的批判意识和基于民众意识的讽刺倾向。

廉想涉（1897—1963）在小说中强调个性和生活，重视文学的艺术独立和自律，他没有追随当时集体性的现实潮流，而是潜心创作个性化的小说，表现生机勃勃的生活，《万岁前》（1922）和《三代》（1931）是其代表作。

《万岁前》是一部描写3·1独立运动前夕殖民地现实的写实性作品，创作于3·1运动之后，即是"万岁后"的作品。3·1运动的失败让当时的韩国人深感失意、无力，在这种情况下，作家描写了3·1运动前悲惨的民族现实，说明必须进行独立运动的原因。主人公李仁和在东京留学，接到妻子病重的电报后回国，他曾经是一个感伤的个人主义者，只顾追求个人目标，但是在归国途中，他客观地认识到了朝鲜是殖民地的现实。在上船之前，他在釜山至下关线轮渡的下关候船大厅里无故遭到警察搜身，上船后，他走上了甲板，在寒风中流下泪水。他意识到自己所处的黑暗现实，重新认识到朝鲜的实际情况。在返回故乡的途中，他切实体验到朝鲜人所受到的压迫，亲眼目睹了朝鲜悲惨的现实，他眼中看到的朝鲜社会无比残酷，作家把这种殖民地的现实比喻为"坟墓"，妻子受尽磨难濒临死亡的生命就象征着韩民族坟墓般的社会现实,应该说,《万岁前》相当于一个青年的调查报告,结论是殖民地现实与坟墓无异。

《三代》从更广的角度反映出殖民地现实,如题目所示,《三代》讲述了"赵义宽——赵尚勋——赵德基"三代人的故事,特别是以三代人中的"第三代"赵德基为中心。《三代》以一个家族的矛盾为核心,具体描写了3·1运动后的20世纪20年代朝鲜作为殖民地的现实。祖父赵义宽满脑子封建思想,父亲赵尚勋虽然是近代知识分子,却已经堕落,年轻一代赵德基不同于祖父和父亲,他非常现实,这三代人之间的矛盾和冲突是那个时代的缩影。小说描绘出家庭内外的两幅景象,在家庭内部,在祖父临终之前,家里人围绕着财产分配问题展开了明争暗斗,在家庭之外,社会主义运动家炳华、张勋一伙组成了秘密组织,由此引发了大规模搜捕。在故事的结尾,赵德基切实体会到祖父的去世所造成的家族空白,苦苦思索该怎样引领现在交到自己手上的赵氏家族。

在这部小说中,每一代人都有独特的特点,这些特点成为矛盾的根源。第一代赵义宽是在社会变动中成功实现地位上升的典型人物,但是应该注意的是，他的地位上升是在国家逐渐走向没落的过程中实现的，赵义宽不顾国家、民族的命运，只追求现实利益，追求自己和家人的安宁与繁荣。第二代赵尚勋是去美国留过学的基督教徒，基于近代思想，他曾在教会和学校开展社会运动，却最终失败，从此开始了放荡的生活，他代表着殖民地时代分裂的知识分子形象。第三代赵德基性格比较复杂，祖父希望他为家族增光添彩，继承家族的财产，他也承认家族与金钱的重要性，但与祖父不同的是，他具有对祖国和民族的责任感。他既是一个将希望寄托于未来的准备主义者，也是不想放弃既得利益的中产阶层的利己主义者，他在个人欲望和社会需要之间苦恼，在二者之间徘徊。在这种矛盾中，赵德基没能发现新的出路，只能作一个现实主义者。

继《三代》之后，廉想涉发表了与之有一定连续性的《无花果》（1931）和《白鸥》（1932）。在《无花果》中，他通过一个酷似《三代》中赵德基的人物——元荣的生活，表现出失落一代的生活和思想意识，描写出破产前的不安和纠结，在作品中，无花的时代意味着亡国的现实。经历了这种惊涛骇浪之后，《白鸥》讲述了梦想在废墟上实现理想的故事，表达了要依靠爱的力量学习科学技术和新学问、重新出发的决心。廉想涉还创作了《暖流》（1950）和《骤雨》（1950），前者象征性地表现出解放后的混乱和民族分裂的悲剧，后者写实地描写出韩国战争时期的痛苦。

蔡万植（1902—1956）被称为批判现实主义的写实作家、讽刺作家，他凭着一腔创作热情和写实主义精神冷静地描绘出当代现实。面对日本帝国主义强化殖民地政策、韩国正式走上资本主义道路的现实，他以讽刺的手法描写民族命运和社会现实，长篇小说《太平天下》（1938）和《浊流》（1938）是其代表作。

《太平天下》与廉想涉的《三代》一起被公认为日本帝国主义殖民统治时期最优秀的小说之一，作品以尹直员（尹斗燮）为中心，用盘素里式的讽刺口气讲述了两天中发生的故事，不过故事的背景却是20世纪初的60年，反映出五代人的家族史。小说立足于真实的历史，通过描写不顾民族现实和社会正义一心追求家族繁盛的尹直员一家败落的过程，批判了20世纪30年代亲日地主阶层反社会、反民族的欲望和行径。

尹直员是一个极端反社会的人物，他甚至肆无忌惮地叫嚣"除了我们，别的都见鬼去吧！"为了维护自己一家的富有并进一步提高富裕程度，满足自己的爱欲，他做出了极其贪婪的行为。他是利用社会混乱迅速提升社会地位的典型人物，他凭借财富和娴熟的处世技巧、自私自利的行为买到了贵族的官职，并与贵族家庭通婚。在他看来，使父亲悲惨死去的旧韩末期不是好岁月，让自己经济富裕又有社会地位的日本帝国主义殖民地时期是名副其实的"太平天下"。

正因为是这样一个人物，所以尹直员痛骂反对殖民地的社会主义者和民族主义者，在丧失了"大家"——国家的情况下仍然只顾追求个人和家庭的私利，最终走向没落。在小说的结尾，他本以为会成为警察局长的孙子尹宗学因为思想问题被捕，成为导致其家族败落的一个转折。尹直员的长子尹昌植和长孙尹宗秀都是堕落的人物，他们挥霍家里的钱财，做出种种反社会的行为。与此相反，尹直员的第二个孙子尹宗学是这部小说中唯一的一个正面人物，对祖父搞的政治联姻他从开始就表示反对，他摆脱了扭曲的家族主义，为了民族和社会的利益选择了社会主义思想。尹直员盼望第二个孙子成为警察局长，成为真正光耀尹氏家族门楣的继承人。但是与此相反，孙子却因从事社会主义运动被警察逮捕，导致了家族的没落，《太平天下》通过讽刺堕落、逆时代潮流而动的人物揭露了殖民地现实的矛盾。

蔡万植的《浊流》通过女主人公初凤坎坷的命运鞭挞社会现实，作品以20世纪30年代一个地方城市群山为背景，冷峻地描绘了堕落者的生活。初凤的父亲郑主事为了钱把女儿初凤嫁给了高泰守，初凤嫁给了自己不爱的人，但是她的不幸才刚刚开始。由于驼背的恶棍张亨宝设计陷害，她的丈夫高泰守死去，她被张亨宝奸污；在一心上京的途中她又中了朴齐浩的圈套，成为朴齐浩的小妾。她生下了一个女儿，却不知道孩子的生父是谁，张亨宝找到她，说那是自己的女儿，并从朴齐浩那里抢走初凤母子。初凤不得不在张亨宝的淫威下生活，后来得知了他做下的种种恶行，最终杀死了张亨宝。她的妹妹继凤及其恋人南胜材想方设法救出初凤，初凤却到警察局自首了。这就是小说《浊流》的梗概。

在这部作品中，初凤是堕落时代的牺牲品，在畸形的资本主义化过程中产生的各种毒瘤，彻底蹂躏了她纯洁的贞操，在她周围的男人包括她父亲在内都象征着邪恶的资本主义，在堕落的现实中，这些堕落的男性增加了初凤的痛苦。为了最终解脱，初凤采取了最后的行动——杀死张亨宝，因为她认识到了是什么在不断压迫纯洁的灵魂并试图从中摆脱。

在这一作品中，南胜材和初凤的妹妹继凤为阐释作家对现实的认识和创作意图提供了重要的线索。南胜材五岁就失去了父母，他的成长历尽艰辛，但是他毫不畏惧世间沧桑，坚强地开拓自己的道路，当上医生后，他不仅仅满足于治疗身体的疾病，还希望自己成为一个精神治疗者，进而成为社会的救治者，他与指出社会经济结构矛盾的继凤交流、恋爱，形成了更进步的价值观。具有这种社会理念的南胜材和继凤象征着努力把"浊流"转换为"清流"的希望。当然，他们在故事中并未发挥决定性的核心作用，只是提出应该摆脱堕落的低级欲望、追求真正的愿望和共同幸福生活的想法。通过这两个人物，作家蔡万植批判了殖民地朝鲜黑暗的社会现实和堕落的资本主义生活，表达了立足于真正的仁爱和人性自觉面向未来的信念。

此外，蔡万植还创作了以反语描写知识分子阶层社会现实的《平凡的人生》(1934)和《痴叔》(1938)，引起读者的关注。解放后他创作了《民族的罪人》(1948)，表明对自己在殖民地末期被迫与日本帝国主义合作的反省，他还创作了《孟巡查》

(1949)、《水田故事》(1948)等作品，以讽刺的手法批判解放后混乱、矛盾的现实。

这一时期的写实主义作家中屈指可数的还有李箕永（1896—1984？）和姜敬爱（1907—1943）。李箕永的代表作是《故乡》（1933—1934），作品描写了在封建秩序和贫困中受苦受难的农村社会现实，敦促农民阶级觉醒并进行反抗。姜敬爱是一位真实描写受压迫女性生活的女作家，她的代表作长篇小说《人间问题》（1934）从阶级斗争的角度描写了在传统农业社会向工业生产日趋活跃的近代社会转变的过程中农民、工人被迫遭受的苦难及社会经济方面的矛盾。

## 五　小说意识的深化及多种探索

步入20世纪30年代，韩国小说更加丰富多彩，不仅以多种风格应对现实，小说领域也得以进一步扩展和深化，金裕贞、李孝石、李泰俊等作家展现了优秀的短篇小说艺术。

金裕贞（1908—1937）以江原道山村为背景，用诙谐的笔调展现出具有浓郁乡土特色的自然抒情之美和原始的健康之美。他不是从启蒙或阶级斗争的角度描写农村问题，而是真实地描绘出农村的生活。因此，从他的《山谷客人》（1936）、《春，春》（1935）、《山茶花》（1936）、《秋》（1936）等全部作品中我们很难发现启蒙的训诫或阶级斗争的愤怒，金裕贞总是以诙谐的笔调描写真实的原生态，创造出文学乐趣。

《春，春》用谐谑的笔调表达了穷上门女婿无奈的悲欢，岳父、点顺还有主人公"我"之间的关系自不必说，主人公的性格本身也很有趣。主人公"我"是一个淳朴、憨厚的人，以和点顺结婚为条件来到二地主奉必家，只是埋头干活儿，却拿不到一分工钱。奉必是一个坏心眼儿的二地主，没有儿子，只有三个女儿，于是他让上门女婿轮流给他干活，把他们当长工使唤。主人公想尽快和点顺结婚，贪心的岳父为了多使唤他一段时间，一直推迟婚期，两个人之间的拉锯战非常有趣。奉必提出，只要点顺的个子长高就让他们成婚，但是决定个子长多高才结婚的权力握在他手里。憨厚的主人公因为点顺个子长得慢而焦躁不已，一心盼着点顺快点儿长高，主人公的这种心理常常诱发读者同情的微笑。另一方面，点顺老是埋怨主人公笨，抱怨他只知道白天黑夜地干活。这让主人公火冒三丈，气冲冲地去和岳父理论，结果却挨了耳光，悻悻而回。这时候点顺又笑话主人公是笨蛋，主人公下定决心无论如何都要做个了结，就又和岳父争执起来。在这次争吵中，他本以为点顺会站在自己这一边，却没想到点顺却袒护父亲奉必，挨了岳父的打本来就很冤枉，点顺的态度又难以捉摸，这让主人公一时不知所措。

结合当时的经济情况来看，也可以说这一作品间接表现出二地主与佃农、主人与雇工之间的阶级矛盾，小说借用未来的岳父和上门女婿之间的关系将阶级矛盾和对立喜剧化，贪婪的岳父和傻乎乎的主人公之间的对立本身就是有趣的故事题材，不过换个角度来看，这一作品也揭露了当时农村社会的贫困和阶级矛盾。

金裕贞的另一篇代表作《山茶花》也诙谐地描写了农村的淳朴生活，特别是主人公"我"和二地主的女儿点顺之间围绕着斗鸡的对立极为有趣。点顺对主人公表达好感，淳朴的主人公却没有意识到，点顺开始折磨主人公的老母鸡，并对主人公破口大骂，点顺的行为是为了引起对方的注意，但是主人公全然没有察觉。点顺为了报复不识好歹的主人公，就选择了斗鸡的方式，趁四周没人，带着自己家强壮的公鸡来和"我"家的公鸡斗,"我"家的鸡总是铩羽而归。点顺还要接着斗,"我"抢回自己家的鸡关了起来,就去砍柴了。砍柴回来的路上,主人公看到点顺又让两家的鸡斗起来,她自己却坐在落满山茶花的石头缝里,若无其事地吹着柳笛,在花间吹柳笛的山村少女形象和鲜血淋漓的斗鸡形成鲜明的对比。"我"家斗败的公鸡流血过多,奄奄一息,含蓄地象征着主人公的处境。"我"终于忍无可忍,用背架的棍子打死了点顺家的公鸡,这是迄今为止一直被动挨打的主人公对点顺一方的第一次攻击。点顺怒目圆睁,一下子冲了过来,"我"虽然于一怒之下打死了点顺家的鸡,这时却想起自己处境不妙,因为点顺家是二地主,这件事说不定会使自己家失去租种的田地,自己也许会被从家里赶出来。想到这里,"我"哭了起来。主人公的行为又刺激了点顺,她问,"那你以后不这么干了吧?"主人公赶紧回答"是!"就在这一问一答之间,两个人和解了,他们相拥着倒在山茶花盛开的丛林中。为了斗鸡他们曾激烈地争执,现在两个人却一起倒在浓密的山茶花中,这个场面表示两个人已经完全和解。

20世纪20年代后半期,李孝石(1907—1942)的创作倾向一度表现出受到左翼思想的影响,但是从20世纪30年代以后，他的作品表现出强烈的唯美主义倾向。脱离了左翼思想的影响之后，他开始集中探索性与自然，在很多作品中描写了性冲动或原始的野性以及性作为一种恰当机制在与自然和谐的同时使人的痛苦升华等问题。短篇小说《豚》（1933）借动物的繁殖欲望揭示了人类的情欲，短篇小说《山》（1936）讲述了放弃做雇工到山里过原始生活的主人公愉快地梦想性爱的故事，表现出高度的抒情美。

李孝石的代表作《荞麦花开的时候》（1936）是一篇旅途小说，表现出抒情小说的精髓。作品讲述了赶集摆摊的许生员与一个偶然相遇的姑娘唯一的一次恋爱经历以及认出那次爱情的结晶——东伊是自己儿子的过程。左撇子的麻子许生员以到各地的集上摆摊为生，在各处集上转悠了二十多年，却没挣到多少钱，身边只有一头毛驴。他和女人也几乎无缘，只有年轻时开始赶蓬坪集时有过一次恋爱，让他一直无法忘怀，从此一直都在蓬坪转悠，再也不肯离开。那是蓬坪有集的一天夜里，旅店的土屋太热，无法入睡的许生员想去河边洗个澡，偶然在磨房里和一个姑娘相遇，结下了姻缘。此后，许生员到处寻找那个姑娘，却一无所获。在20多年时间里，他到处流浪，摆摊谋生，心中却一直珍藏着对这份爱情的回忆。

故事是从年老的许生员和年轻的东伊在忠州家酒店里吵架开始，吵着吵着，他们莫名其妙地和解了，并且一起在夜里上了路。月亮升了起来，月光洒落在荞麦花上，许生员谈起了自己往日的爱情。东伊也讲起了自己的身世，好像是为了对许生员的故事做出回答，东伊的故事就像是一面镜子，与许生员的故事恰好对应起来。听着东伊的故事，许生员突然想到东伊说不定就是自己的儿子，这时他一脚踩空，栽进河里，东伊把他背了起来。许生员又说起了下崽的毛驴，在这里，毛驴的小崽子和东伊的形象重叠起来。当许生员发现东伊也是左撇子之后，他感觉东伊就像自己的儿子，而且实际上可能就是自己的儿子。在小说开头，两个人争风吃醋，结尾却暗示他们是父子关系，两个人之间的矛盾彻底消失。这一作品抒情描写极其出色，结构也十分严谨，是韩国最优美的短篇小说作品之一。

李泰俊（1904—？）是一位擅长刻画人物性格的作家，他的小说用简洁的文体生动地刻画出人物的性格。作家关注的主要是不幸的人物，失意受挫的殖民地知识分子、曾经辉煌如今已经风光不再的老人、本性善良却有些愚钝的人物常常出现在他的小说中，因此他的作品总带有落寞失意的忧郁氛围。这些人物的故事通过简洁的文字和严谨自然的结构娓娓道来，作家借此将痛苦的现实升华为艺术。

《失乐园的故事》（1932）讲述了一个满怀梦想的青年在一个小村庄里边教书边为自己朴素的理想而奋斗却因蒙昧无知又不可理喻的乡村警察从中作梗从村里被赶走的故事，主人公梦想着有一个淳朴的乐园，"如果有一个穷困又偏僻的山村，我要到那里去教育那些有着纯洁良心和纯净眼眸的纯真儿童，我自己也要继续学习"。他去的地方的确是穷乡僻壤，不需要外界的任何帮助或干预，人们朴实无华而且无所欲求，在那里，主人公为了实现自己的梦想而奋斗。但是派出所所长的妨碍使他的努力付之东流，蒙昧无知而且一无是处的派出所所长极力阻止村里人团结在主人公周围过上好日子，他重点攻击主人公，最终把主人公赶了出去。在小说中，派出所所长被描写为一个极其无知、缺乏基本常识的人物，这反映出在现实生活中朝鲜人受到无知又渺小的日本人压制，即使是大学毕业也无能为力。《失乐园的故事》间接批判了日本帝国主义宣称为了朝鲜统治朝鲜、要把朝鲜建设成乐园的侵略理论只不过是谎言。

同《失乐园的故事》一样,《亚当的后裔》(1933)也以巧妙的方式揭露了日本帝国主义侵略理论的不正当性。老乞丐安老爷子每天去码头等自己的女儿,一天,他在一个地方慈善企业家的帮助下进了收容所,那个收容所只提供仅够维持生命的食物,却规定了很多禁忌,剥夺了被收容者的自由。因此,在收容所里安老爷子不仅见不到女儿,甚至连等女儿的权利也被剥夺了,等待女儿是安老爷子生命中的最后一点儿希望,放弃等待就等于放弃了人生,所以,安老爷子就像被赶出伊甸园前的亚当一样,摘下收容所里禁止采摘的苹果吃了个够,然后逃离了收容所。在这一作品中,安老爷子的处境象征着朝鲜民族的处境,他的等待意味着韩民族的希望,而收容所和其所提供的一些物质帮助指的是日本帝国主义的侵略理论。作品告诉人们,即便日本帝国主义的统治为朝鲜民族的近代化提供了一些帮助,但终究是剥夺了朝鲜民族的生命,因此,应该拒绝日本帝国主义的统治。

短篇小说《夜路》(1940)用出色的文体象征性地描写了当代绝望的生活,在作品中,无法忍受贫穷的妻子离家出走了,刚出生的女儿吃不上奶,生了病,又得不到应有的治疗,很快就死去了,在一个大雨如注的夜里,主人公埋葬了女儿。此外,李泰俊还创作了很多作品,有些反映人生的根源,有些反映当代无望的生活,堪称反映绝望时代的艺术佳作。

## 六 诗歌意识的深化和多种探索

在殖民地时代的后半期,韩国诗歌一方面继承并发展了金素月、韩龙云等人的抒情诗传统,一方面进行了新的探索。诗人们进行了多种尝试,如对诗歌的现代性进行实验,深化韩国语的美学功能,用坦率的诗歌语言表现内心的苦恼等。李箱和郑芝溶、尹东柱等诗人在这些尝试中取得了很大成就。

李箱(1910—1937)是殖民地时代最前卫的文学家,他在诗歌和小说两个领域用实验性的语言表现出与外部隔绝的自我分裂。他的诗受到了超现实主义和达达主义等西欧前卫文学运动的影响,他尝试打破常规,把线、点、图表、数字符号、方程式等应用于诗歌,不过这种极端的实验也切断了诗歌应有的交流可能性。值得肯定的是,李箱在诗歌中将试图探索现代性的主题——自我分裂与潜意识的世界。

> 镜子里没有声音，
> 不会再有这么安静的世界。
>
> 镜子里的我也有耳朵，
> 两个听不懂我说些什么的为难的耳朵。
>
> 镜子里的我是左撇子，
> 不能和我握手——不会握手的左撇子。
>
> 因为镜子，我触摸不到镜子里的自己，
> 但是如果没有镜子，我又怎能和镜子里的自己相见？
>
> 现在我没有镜子，但镜子里却常常有镜子里的我。
> 我不太清楚，他是不是忙着要和他的伙伴分离。
>
> 镜子里的我和我相反，

却又和我很相似。

我感到难过,因为不能为镜子里的我担忧、诊断。

——《镜子》全文

在这首诗中,"镜子里的我"不是能够进行自省的意象,而是象征着分裂的自我。李箱诗歌的意义并不在于极端的形式解体,而是在于探索了现代的自我意识分裂问题。

1936年以后,李箱通过小说展现出自己所追求的自我意识,《翅膀》(1936)和《蜘蛛会豕》(1936)等小说在更具体的日常现实中探索内心的意识。他的短篇小说充满了反讽、悲观的自我独白和自我剖析,无视传统的故事情节,用第一人称视角表现自我意识的空间。由于他的小说是随着自我意识的表达而展开,因此不存在经验性的因果关系引出的情节,他在这些作品中刻画出在与他人的关系中怀疑、不安的个人。在《翅膀》中,主人公惶恐不安,不断地怀疑妻子,对他来说,所谓人与人之间的交往只是欺骗,在这种堕落的人际关系中,主人公表达出自己分裂的内心意识。在李箱的小说中,知性的智慧和心理分析作出了重要贡献。李箱试图分析内心世界的变化,所以,他可以被称为最积极探求现代性的文学家。

郑芝溶(1903—?)的诗歌表现出感情的节制,这是与以前的抒情诗不同的地方,他的诗克服了20世纪20年代浪漫主义诗歌感情过剩的缺点,表现为有节制的表述和洗练的语言。在郑芝溶初期的诗歌中,我们可以看到,为了防止生硬地表达感情,他进行了严格的自我约束。

  冰凉的悲哀在玻璃上闪耀,
  我无所事事,贴近玻璃边呼出白气,
  像很熟悉似地,它拍打着冰冻的翅膀。
  擦掉看看,再擦掉看看,
  漆黑的夜褪去又涌来,
  水润的星星挂在空中,像玻璃一样闪闪发亮。
  夜里独自擦玻璃,
  心情孤独又恍惚。
  啊,你像山鸟般飞去了,
  细小的毛细血管已被撕裂!

——《玻璃窗Ⅰ》

悲伤的情调是这首诗的主旋律,通过媒介物"玻璃"将"孤独"与"恍惚"联系了起来,表现出感情的复合性。在这首诗歌中,郑芝溶对语言和感觉进行了提炼,他限制了感情的表述,尽量有节制地描写事物,这种努力是古典主义的。由于其作品带有印象主义的性质,郑芝溶被评价为20世纪30年代现代派诗人的代表,然而,其诗歌的长处在于古典主义美学捕捉事物的意象,通过感性的语言把握事物。到后期,郑芝溶皈依天主教,更加接近了无欲、宁静的境界。

继第一部诗集《郑芝溶诗集》(1935)之后,他出版了第二部诗集《白鹿潭》(1941),在代表其后期诗歌的《白鹿潭》和《长寿山》中,他以自足的态度表现出与自然合一的境界,静寂、明澄的世界反映出深邃的诗歌精神。初期诗歌中的节制之美在后期诗歌中转变为精神超脱的哲学,在这一时期,他以东方思想为基础创作了具有独特韵律的散文诗。

郑芝溶曾经和作家李泰俊一起担任杂志《文章》的推荐委员,培养出了赵芝薰、朴木月、朴斗镇等众多诗人,对20世纪30年代以后的诗坛产生了很大影响。但是在解放和韩国战争后混乱的政治局势中,他下落不明。郑芝溶将韩国语提炼为感性的诗歌语言，并对多种诗歌形式进行了尝试，他曾创作过短调、自由诗、散文诗，对韩国现代诗歌的语言和形式进行了探索，不过郑芝溶最重要的贡献在于在诗歌中反映出诗人对语言的自觉。

尹东柱（1917—1945）是殖民地后期著名的抵抗诗人代表，在政治压迫极端残酷的殖民地时代末期，他将时代的困境进行了彻底的内在化。直至英年早逝，他从未公开发表过作品，也没有出版过诗集，解放后，他的诗以遗作的形式集结为诗集《天、风、星与诗》（1948）出版。

尹东柱用羞愧来表述在殖民地统治下的痛苦，这种美学是坦诚的自我反省和对自己必须坚守的纯洁价值执著探索的产物，其诗歌作品表现出追求自我完成的内心矛盾。有人认为，民族性和基督教色彩很强的成长环境使他形成了抵抗的诗歌思想，但是从根本上来说，其诗歌的抵抗性源于坦诚的自我反省，他将自己的问题与自己的生活联系起来，用存在主义的观点加以认识，并试图从自身和时代的关系中提出问题。

　　回到故乡的那天夜里，
　　我的白骨也跟随而来，同卧一室。

黑漆漆的房间连接宇宙，
天上刮来了风，就像声音传来。

在黑暗中，白骨风化为齑粉，
看着它，
流泪的我是在哭泣吗？

是白骨在哭泣，
还是美好的灵魂在哭泣？

有气节的狗，
不会彻夜吠叫，
在黑暗中狂吠的狗，
大概是在驱赶我。

走吧，走吧，
像被驱赶的人一样，
趁白骨没有察觉，
悄悄去另一个美丽的故乡。

——《另一个故乡》全文

在这首诗中，本我成为白骨，本我美好的灵魂得不到安居之处，四处漂泊，因而哭泣起来。作为这种内省的引申，趁白骨没有察觉悄悄去的另一个故乡可以说是恪守时代良心的未来空间。

　　尹东柱生活在最残酷的时代，却追求完美的个人生活，因而体验到必须放弃本来生活的矛盾。对他来说，殖民地时代是决定个人生活的悲剧性力量。但是，他进而认识到，在这种矛盾之中追求真实的自我与时代的良心和完善个人生活是一致的。凭借对未来希望的坚定信念，他认识到，悲剧性的自我反省不是自我消灭，而是自我恢复。人们认为，在最压抑的时代尹东柱正直的自我反省是一种将存在空间与时代现实统一起来的世界观。尹东柱的初期诗歌对日本式的诗歌韵律和童谣的形式进行了实验，但是他最终克服了这种定型性，确立了自己的诗歌世界，到20世纪40年代，他创作出了灵活的自由诗和散文诗。

# 第二章

# 分裂及战后文学
# (1945—1970年)

## 一 概 况

　　1945年8月15日，36年的日本殖民统治终于宣告结束，随着解放的到来，建设近代民族国家成为时代的课题，但是由于韩半岛周边情况和民族内部政治理念的分裂，这个目标未能实现。南方和北方以北纬38度线为界分别建立起独立的政府，导致了国土的分裂，不仅如此，1950年南北方还爆发了持续三年的战争。停战后，南北方的社会理念和政治更加僵化，以反共为国是的韩国李承晚政权由于政治基础的原因没有积极清除殖民地的残余。战后国家经济一片凋敝,所以20世纪50年代韩国人的生活非常艰难,腐败的李承晚政府在选举中作弊,最终在1960年4·19学生革命中被迫下台。由于1961年的军事政变,4·19学生革命对民主主义的渴求虽然未能实现,却成为消除韩国社会政治失败意识的契机。靠军事政变上台的军事政权没有推行民主主义,而是强有力地推进了经济的近代化,经济开发计划让韩国经济实现了飞跃性发展,但是产业近代化也产生了不少副作用,特别是这种发展牺牲了农民和工人的利益,加深了社会矛盾,引发了反对政治压迫的民主化运动。

在殖民地时代后半期,韩文字被禁止使用,解放后,随着国家主权的恢复,韩文字也重新开始使用,文坛机构和文学制度的变化为新人登上文坛提供了空间。但是,民族分裂成为压制文人的新思想理念。以韩国为例,政治原因使左派的文学活动被禁止,保守的民族主义文学思想迅速得势。

与历史问题相比,这一时期的小说表现出对人类普遍问题的关注,金东里和吴永寿等人以土俗感情和萨满主义思想为基础的作品即属于此类。此外,还出现了反映战后凋敝时代悲惨生活的"战后文学",其中一些作品真实描写了战后崩溃的社会伦理道德和紊乱的社会风俗，一些作品揭示了战争的残酷性，一些作品从存在主义的角度探索人类的尊严，黄顺元、崔仁勋、孙昌涉、郑龙鹤、李范宣、徐基源、河瑾璨、李浩哲等作家是其中的代表。

在诗歌方面，作为恢复母语的努力之一，传统的抒情诗写作方法得以深化，从殖民地时代起就活跃于诗坛的徐廷柱、柳致环、朴木月以及朴在森、李炯基、全凤建、金珖燮、金宗三、金宗吉等人对抒情诗传统进行了创新。这一时期也出现了现代派倾向，其中包括表达全新都市感情的实验性散文诗和批判传统权威及矛盾现实的诗作，金洙映、金春洙、朴寅焕、宋穧等是这一类型的代表。

20世纪50年代的"战后文学"努力将战后凋敝的现实和痛苦的生活纳入个人意识的深层，1960年的4·19学生革命虽然在政治上失败了，但是为文化、文学提供了追求自由理念的契机，特别是4·19运动的主角是接受韩文字教育的新一代，他们的出现成为韩国文学新的转折点，他们表现出足以超越战后文学受害意识和虚无主义的新感性，洪盛原、李清俊、金承钰、徐廷仁、李祭夏等新一代作家更加主动地将韩国文学对自由理念的探索付诸实践。

## 二 韩国抒情诗的最高峰

解放之后，韩国诗歌获得了比殖民地时代更自由的发展空间，政治审查的取消和对韩国语的自由使用赋予了诗人新的权利。在这种情况下，首要的任务是让韩国语成长为成熟的诗歌语言，此外，还需要努力表达对人类与生活更加自由的探索，这些努力的结果是涌现出了超越殖民地时代文学成果的诗歌作品。

徐廷柱（1915—2001）是在美学上将韩国抒情诗提高了一个层次的诗人，他从殖民地时代开始从事创作活动，第一部诗集《花蛇集》（1941）表现出强烈的官能主义和颓废主义美学，诗集用火热的语言表达了与封闭现实斗争的年轻肉体无限的激情，年轻的诗人沉浸在原始的冲动和官能的狂热之中，宣告自己是一个游离于社会主流秩序之外的异类。从这个角度来说，这种诗歌违背了将伦理与美视为一体的韩国文学传统，表现出近代美学思想的一个侧面。

红色的花田中有一条路,
据说吃下这种花,就会像入睡一样死去。

蛇一般的田埂,
像吃了泡芙而醉倒,
恋人一边沿着跑,一边呼喊我的名字……

双手接着散发馥郁香气的鼻血,
我在后面追赶。

在像夜一样静寂的喧闹白昼,
我们二人全身发热……

——《白昼》

《花蛇集》中炽热的自我表白和充满悲叹的呐喊中包含着对悲惨人生的讽刺。徐廷柱这种反映原始混沌世界的作品在解放后逐渐发生了变化,他的第二部诗集《归蜀道》(1948)既与《花蛇集》保持着连续性,又反映出他的诗歌随着时代的变化发生了变化,这部诗集继承了《花蛇集》中借情欲表现生命意志的特点,却将其转变为带有土俗色彩的恨的世界和悲剧性的情调，诗人揭示了经历深刻的混沌与虚无后获得的包容、积极的心态，并伴随着对在各种艰难痛苦中仍生生不息的生命的感动。

他的第三部诗集《徐廷柱诗选》（1956）表现出诗人在8·15和6·25两大事件后经历考验走向成熟的过程创作的新作品，摆脱了初期诗歌的混沌、官能及热情，表现出温和的观照和气定神闲的世界。

> 贫困不过是一份褴褛，
> 在耀眼的阳光下，
> 夏天的山露出黑黝黝的山脊，
> 我们就如夏日的山岳，
> 岂能掩盖天生的皮肤和心地？
>
> 青山在膝下哺育芝兰，
> 我们养育自己的儿女。
> 假如生命终于走到骇浪拍打的下午，
> 为人父母的人们，
> 要么坐下，
> 要么干脆躺在旁边。
>
> ——节选自《望无等山》

如这首诗中所写,诗人虽然描写了悲喜交加的世间生活,却表现出从容接受的成熟态度。徐廷柱的第四部诗集《新罗抄》(1960)中艺术地表现了新罗精神,所收录的诗歌表现出人的肉体欲望与试图从中摆脱的愿望之间的矛盾,对生活在天地之间的人类根本矛盾的洞察给这部诗集增添了神秘主义色彩。他的第五部诗集《冬天》(1968)则表现出诗人在人生和诗歌方面已经达到了圆熟、达观的境界,在与"新罗"的交流中发现的对永恒生命的冥想表现得更为优雅、精致。诗人沉迷于在悠久的时间长河中不断变化、轮回的事物及这种轮回中隐藏的惊人之美,作品暗示,这个世界既包容人类的烦恼和情思,也表现出可以对其净化的崇高精神。这种永恒的美学是诗人深深沉迷于佛教想象世界的产物。

> 把我心中恋人好看的眉毛,
> 用月底的梦洗得一干二净,
> 然后将它种植在天空,
> 冬至腊月翱翔的鹰隼,
> 看了出来,斜飞而去。
>
> ——《冬天》

在第六部诗集《鞍山神话》(1975)中,诗人把目光转向了幼年在故乡经历的世界。他从幼年的体验中寻找丰富的生活原型。这里的地名"鞍山"不仅仅是诗人的故乡,而且是在平凡的日常生活中不断传承的永恒空间,在这个空间里,平凡与神圣、天上与地上是一个世界。在第七部诗集《流浪汉的诗》(1976)中,诗人以慈爱的目光审视世间的不幸与悲哀,不用绝望表述现实中的挫折,而是歌颂重返自然和永恒的世界恢复生活的智慧,这里所表达的生活智慧也是历尽沧桑的诗人一生的结晶。

徐廷柱经历了殖民地时代彷徨苦闷、漂泊不定的青春岁月,在韩国战争中体验到了生存的悲哀与绝望,在这一过程中,他通过断念获得了肯定生活的智慧和永生的思想。纵观徐廷柱的诗歌创作轨迹,是从存在矛盾和冲突的悲剧性转变为"新罗"所象征的一元的和平与和谐。在这一过程中,他曾被批评丧失了存在的紧张感,有时这种批评也会结合他个人行为上的政治错误。但是我们可以说,在强力推行近代化的时代,徐廷柱的诗歌表现出的反近代倾向包含着对近代化的批判,即便他采取了过度超脱的立场,他的诗歌仍展现出与韩国人的生活密切相关的官能主义思维,即便他的诗歌表现出不现实的展望，他仍然没有失去使用土俗语言的感觉。土俗的词汇扎根于生活的平凡痛苦之中，使他的诗歌表达出韩国人特有的感情，成为很难翻译的作品之一。他的诗歌中沸腾着血的生命力、攻击性以及蛇的官能性，同时也与思念、怜悯、淡定与观照、诙谐与装傻等影响韩国人精神的要素紧密相连，从这个角度来说，徐廷柱是最擅长用诗歌表达韩国人各种细腻感情的杰出诗人。

## 三　对自然和人生的探索

经历了解放后的思想斗争和战争之后，50年代的诗歌潮流回归了纯艺术性和抒情性，与直接表现对历史现实的关注相比，诗人们开始更加注重用多种方式深化传统的抒情世界。从殖民地时代开始就一直探索抒情诗世界的柳致环、辛夕汀、朴斗镇、朴木月、赵芝薰、朴南秀等人表现出了这种倾向，特别是柳致环和朴木月用个性的语言表现出对自然和人生的探索，对韩国的抒情诗传统进行了继承和革新。

柳致环（1908—1967）是认真探索生命意义的

一位诗人,在前半期,他以对生命的热爱为基础,努力用道德的意志克服生命的虚无,在后半期,他从根源上探索人类存在和超脱的问题,并对此进行了思辨性的表述,因此他被称为"生命派"或者"人生派"诗人,也被称为在韩国现代诗歌史上创作男性诗歌的诗人。

《青马诗抄》(1939)、《生命之书》(1947)等柳致环的初期诗作中表现出诗人作为预言者性质知识分子的态度,其中表达的自虐和愤怒来自于本我埋没于日常现实生活的想法,他的本我努力挣扎着摆脱日常生活,却无法从虚伪的生活中脱身。我们可以把他初期诗作中的自虐看成是诗人誓为找回自我原形而全力以赴的呐喊,这种诗歌精神被象征性地表述为高傲的岩石或高耸的树木等,这些象征表现出不为私情所动直达忘我境界的高傲与决绝。

> 我死了要变成一块岩石,
> 告别喜怒哀乐,
> 不理爱憎情仇,
> 任风吹雨打,
> 守亿年缄默,
> 铸内心坚实。

终于忘却生命，
不视远方之云，
不闻轰响之雷，
梦中亦无歌，
我要化为一块石头，
碎成两块也无语。

——《石》

除了用夸张的修辞表达这种坚强的意志之外，柳致环诗歌作品的另一个核心是哀愁的情绪，哀伤的情调与意志的世界互为表里。在柳致环的诗歌中，憧憬和哀愁占据着理念的顶峰。

这是无声的呐喊，
一条向蓝色大海摇动的手巾，
是一腔永恒的乡愁。
纯情像波浪在风中激荡，
在鲜明、笔直的理念之竿，
哀愁如白鹭舒展翅膀。
啊，是谁？
把如此痛彻心扉的悲伤
第一个高高悬挂在空中？

——《旗子》

　　理念的标杆上悬挂的旗帜象征着浪漫的憧憬，在柳致环的诗歌中，自我的坚定信念就这样融入孤独、哀伤的感情之中，换言之，柳致环诗歌中坚强的男性意志后面隐藏着女性哀伤的声音，这两种相反的要素共存造就了柳致环诗歌意思上的矛盾和张力。因此，仅仅把他评价为具有男性化道德气质的诗人不够全面。

　　柳致环的诗集中反映出从20世纪30年代到60年代波澜起伏的韩国近代史，在解放后的混乱局面中，他出版了《郁陵岛》（1947）和《蜻蛉日记》（1949）两部诗集，也出版了反映韩战体验的诗集《与步兵一起》（1951）以及以20世纪50年代和4·19运动为背景的《火热的歌儿埋入大地》（1960），从50年代末开始，柳致环对堕落的政治现实进行了道德批判。

　　柳致环不注重感性的描写，而是注重以抽象的陈述作诗，他的遣词造句类似汉诗，但是与他那些抽象地表现坚定道德意志的作品相比，他那些在哀伤的情调中表达生命悖论的诗歌具有更为丰富的抒情性。

朴木月（1916—1978）继承了民谣风格的抒情诗传统，他用有节制的韩国韵律描绘出带有乡土色彩的自然风景和感情，《青鹿集》（1946）和《山桃花》（1955）中收录的初期诗篇以自然和乡土感情为核心，诗集《山桃花》表现出的乡土特色不是现实的风景，而是超越空间具有生动象征意义的现实，是有韩国特色的自然。其作品中的自然是摆脱了现实问题的自足的自然，其突出的特点是诗歌在极度压缩后获得了含蓄之美。朴木月在韵律方面的试验是通过简洁的表达及省略叙述词尾或意思所形成的空白造成韵律。

　　　　远山青云寺，
　　　　一间旧瓦房。

　　　　山是紫霞山，
　　　　春雪将消融。

　　　　榆树小嫩芽，
　　　　绽放十二弯。

　　　　青鹿清澈

双眸中，

白云
在飘荡。

——《青鹿》

他的第二部诗集《兰与其它》（1959）中表现的是亲人的死亡和悲剧性的民族体验，《晴昙》（1964）等诗集中收录的中期诗歌把舞台搬到了现实世界，从作品的内容来看，也是现实生活比大自然占据了更重要的地位。在这种现实生活中，家庭和家人是人类社会生活最基本的生活空间和要素。

想吃荞麦凉粉，
它清香淡淡，
在村中的筵席里，
被摆上简陋素净的八角桌，
招待新亲家。
在春天日落时分，
空虚的内心
寻求安慰，
孤独的食欲梦想着它，

悟出人生真义的人，
宽容充裕的泪水
渴望着它。

——《寂寞的食欲》

这首诗表明朴木月的诗歌范围已经扩大、扩展到了日常生活领域。诗人在这一作品中表现出对生活存在的真挚省察和深深眷恋，直率地歌颂日常生活贫穷、简陋的内容，朴素、优美而有品位，带着浓郁的生活感染力。他中期诗歌的重要成就在于用淡定而有节制的语言表现出对生活中各种事物和人类本性深刻的省察。

朴木月的后期诗歌中表现出回归乡土特色的倾向，特别是第四部诗集《庆尚道枯叶》（1968）中庆尚道方言颇为引人注目，在诗歌中使用庆尚道方言是朴木月的一个特色，他试图让庆尚道方言的声音要素成为诗歌新的可能性，方言是扎根于当地生活的综合感情的体现，因此这种努力就相当于探索土语的感情。

朴木月以《无顺》（1976）为代表的后半期诗集在琐碎的日常体验中深化了个人的感情，在这一过程中死亡与生命的虚无交汇，诗人则用超越性的宗教立场来克服。不过，朴木月前半期形式简洁的自然诗和包含生活悲欢的生活诗是有价值的诗歌创作成就，中期诗歌中凄凉地吟唱褴褛日常生活的生活诗是韩国现代诗歌史上最突出的成就之一。

## 四 对传统叙事的继承及对人性的肯定

金东里和黄顺元的初期小说追求韩国特色、土俗色彩，中期小说表现出反映时代和现实的倾向，后期小说则通过与神的关系探索人的根本意义，但他们的基本立场是人道主义。因此，这两位作家为了认识人类，以萨满教与基督教、传统与现代、东方与西方、生命与死亡作为创作的主题。在描写韩国战争等时代现实时，他们也将历史内在化，注重描写人的面貌，强调人类即便身处痛苦之中也要努力去克服的意志，这种对人性的肯定使他们的小说带有了宗教的意味。

金东里（1913—1995）反对解放前后理念性很强的文学，强调文学的艺术性，主要创作了探索韩国传统和民族本质的小说，通过儒教、基督教、佛教等宗教与萨满教建立关系的方式描写外来文化与传统文化的冲突。除了萨满教之外，他还试图通过东方的宿命论、自然观以及传说的要素表现韩国人固有的精神世界。

《巫女图》（1936）、《石头》（1936）、《黄土记》（1939）等作品以传统的传说或萨满教要素为素材，表现出浓郁的土俗色彩，特别是《巫女图》通过作巫女的母亲毛火与信仰基督教的儿子旭伊之间的矛盾，描述了外来信仰与传统信仰之间悲剧性的冲突，最终儿子旭伊被意图抢夺《圣经》的母亲毛火用刀刺死，接着毛火走进水中，迎接了自己的死亡，毛火的死亡象征着新传入的基督教导致了萨满教的没落。在对《巫女图》做了大幅度修改的长篇小说《乙火》（1978）中，儿子死了，母亲却没有死，通过这种修改，作家更强调了蕴涵在传统信仰中的韩国人固有的精神世界。

韩国战争以后，金东里的作品主要以战争为背景，《壮丁返乡》（1950）、《兴南撤退》（1955）、《蜜茶园时代》（1955）、《实存舞》（1955）、《喜鹊声声》（1966）等都是以战争为背景的作品，但是没有直接描写战争的创伤，而是把战争描写为人类的力量或意志无法介入的灾难，其中的代表作《喜鹊声声》把韩国战争置换为无法违逆的命运。主人公奉洙为了逃避参战,砍掉自己的手指伪装受伤,退伍返回了故乡。但是无论是家乡还是战场都一样黑暗,他的家里依然一贫如洗,母亲得了病,自己的恋人贞顺已经和朋友相浩结了婚。出于报复心理,奉洙强奸了相浩的妹妹英淑,然后将其杀害。在这一过程中,不断传来喜鹊的叫声和母亲的咳嗽声,这些不吉利的声音在召唤死亡。作家通过奉洙的道德堕落和最终毁灭,刻画了在命运面前软弱无力的人类形象。

金东里通过基督教与萨满教的矛盾探索神与人的问题,这种关注一直延续到《萨班的十字架》(1957)和《等身佛》(1960)中。在《萨班的十字架》中,耶稣代表着以神为中心、以来世为中心的希伯来主义,虚构的人物萨班则与此相反,代表以人为中心、以现实为中心的希腊主义。因此,与天上的生活相比,萨班更重视地上的生活,他像人一样恋爱、嫉妒、失败。通过萨班的这一形象,作家批判了以基督教为核心的西方文化,探索了以人为本的神的形象。《等身佛》描写了万积大师的出家和焚身供养,具有非常浓厚的佛教色彩,在这篇小说中,万积的跏趺坐像所代表的佛的形象并不神圣,反而承载着苦难和悲哀,作家借此创作出类似人的全新的神的形象,并强调通过克己和牺牲进行宗教救赎。

黄顺元(1915—2000)是一位以简洁的抒情性文字描写人类的美好、纯洁及尊严的作家,他的小说塑造的大都是因为孤独而追求爱情的人物,而且这种爱情与对生命的敬畏联系在一起,因此,黄顺元强调的爱情意味着对生命和存在的肯定。作家表示,世界很丑恶,人类很难保持纯洁,但是正因为世界如此,所以创伤的疗治及和解尤为重要,因此,黄顺元的小说既悲凉又温馨。

短篇小说《项月村的狗》(1948)充分表现出黄顺元小说的特点。一只可怜的狗流浪到了项月村,村里人认为这是一只疯狗,要杀死它,但村里的老人救了它,它还生了小狗。虽然最后这条狗被猎人开枪打死了,但是它的小狗崽儿遍布全村,它获得了永恒的生命。在这一作品中,黄顺元十分感人地表达出生命的宝贵,村里人的暴力象征着世界对纯洁生命的残酷迫害。这篇作品告诉人们,生命坚韧而宝贵,最终会战胜世界的暴力。

小说《暴雨》(1953)描写了纯洁爱情的美好和悲哀。生活在乡村的一个少年和来自首尔的少女相互产生了纯洁的感情,黄顺元小说中常常出现的孩子是纯洁的象征,与成年人的丑恶世界形成对比,但是少女的父亲做生意失败以及少女的死亡拆散了他们。少年听说,少女临终时嘱咐家里人把带着与少年美好回忆的衣服和自己埋在一起,少年体验到了离别与死亡,开始认识到生活的意义和痛苦。在这篇作品中,作家没有强调丑恶的现实,而是强调纯洁爱情的美好。

在《鹤》(1953)中,成三和德宰是从小一起打猎、做游戏的朋友,战争爆发后,他们莫名其妙地成为敌人,德宰成了成三的俘虏,成三在押送德宰的途中回想起童年的种种回忆,就放德宰逃走了。在这里,鹤象征着纯洁的人性,成三找回了童年时的纯洁,因此能够将爱付诸实施,作家借此告诉我们,战争的意识形态无法战胜人与人之间温馨的爱。

《该隐的后裔》(1953—1954)以在北朝鲜进行的土改引起的阶级矛盾和人性毁坏为主题,地主之子朴勋和曾经是他家管家的道燮老爷子围绕着土改产生了矛盾,但是道燮老爷子的女儿吴作女深爱着朴勋,把他从危机中救了出来。在这部小说中,"该隐的后裔"之一就是道燮老爷子,因为作品认为贫富对立和阶级矛盾不是历史现实,而是罪恶之源,多亏女儿吴作女的爱和牺牲才从这种罪恶中得到救赎,吴作女象征着不屈服于历史环境的原始生命力。

此后,黄顺元还通过《树站在坡地上》(1960)、《日月》(1962—1965)、《移动的城》(1968—1972)、《神的骰子》(1978—1980)等长篇小说不断探索人类的救赎问题,在韩国现代小说史上,他是最彻底地探索爱与救赎问题的作家。

## 五 追求诗歌与语言自由的实验

20世纪50年代以后,出现了与传统抒情诗形成对比的另一种诗歌倾向,这种潮流重视对诗歌和语言的认识,与抒情性相比,它更关注诗歌的认识内容和方法,努力把日常生活和社会现实问题纳入诗歌,扩大诗歌的散文性。此外,它还试图把诗歌语言改造得更加透明、纯粹。在这两种倾向中,金洙暎和金春洙进行了积极的探索。

金洙暎(1921—1968)是在韩国现代诗歌领域全面探索诗歌现代性的诗人之一,他的初期作品接受了超现实主义的洗礼,全盘否定传统,带有抽象、晦涩的倾向。但是,从第一部诗集《月亮国的玩笑》(1959)之后,他的诗歌开始就现实对自由的压制和小市民的悲哀生活进行反省。

> 雪活着,
> 为了失去死亡的灵魂和肉体,
> 清晨虽过,雪仍然活着。
>
> 咳嗽吧,
> 年轻的诗人们,一起咳嗽吧,
> 望着白雪,
> 我们至少要咳出一夜的积痰。
>
> ——节选自《雪》

在这首诗中,叙述者表现出追求正直的一腔热情,而且一反常规地用不卫生的"吐痰"象征这种热情,增强了张力,暗示诗歌的性质是向世界发出真实的声音。

金洙暎描绘出生活个体实际存在的面貌,吟咏悲伤、绝望以及对自由的梦想。他并不否定日常现实,而是从中探索爱的可能,练习如何进行革命。但是用传统抒情诗的写法无法尝试这种诗歌精神,所以他的诗歌中包含了散文的因素。

欲望哟，开口吧，
从中会发现爱情。
在城市的边缘，收音机的声音渐弱，
那叽叽哝哝的声音像是表达爱意，
河水流淌，盖住了这声音。
河对岸是亲爱的黑暗，
枯树期盼三月，即将孕育爱的花蕾，
花蕾的私语像云雾弥漫。

在那边，每当爱的列车驶过，
青山就像我们的悲伤一样成长，
首尔的灯火如同猪圈里的饭渣，
它视而不见。
如今，荆棘、野蔷薇带刺儿的长枝条也在爱。

为什么爱的丛林来得如此猛烈？
应该等到我们懂得爱的食物就是爱。

——节选自《爱情变奏曲》

这里描写了城市日常空间中爱的前景，澎湃在心中的对爱的预感及富有冒险精神的想象力与爆发性的梦幻语言结合在了一起。金洙暎以爱情为主题的作品所达到的顶峰是用"爱得发狂"来形容"桃核"和"杏核"。

>  天阴了，草倒下，
>  倒在脚脖子，
>  倒到脚底下。
>  比风倒下得晚，
>  比风起来得早。
>  比风哭得晚，
>  比风笑得早。
>  天阴了，草根也倒下。
>
>  ——节选自《草》

这首对散文性有所节制的作品在短诗的形式中反复使用几个单纯的单词，但是对其含义的理解却并不单纯，有人认为这首诗是一种政治讽喻，这首诗的文学成就是用生动的节奏表现出草反复倒下又站起来的动作能量，制造出了音乐效果。

金洙暎的文学成就与4·19运动标榜自由和民主的政治理念有着密不可分的关系，实际上4·19运动之后金洙暎直接批评了专制政权，因而成为所谓

"参与诗"的代表人物,一直被评价为主张文学对政治现实责任的文学派领军人物、反抗封闭社会的批判性知识分子的典型。

金洙暎的诗歌对此后韩国现代诗所做出的重要贡献在于对诗歌与生活关系的新认识,即他认为诗歌创作于每天的日常生活。这种观点使他拒绝接受传统抒情诗的形式,果断地尝试传统诗歌观念难以接受的散文诗。"诗歌与生活一致"是金洙暎诗歌的成就,这表现在诗歌的精神和形式两个方面,因此从金洙暎的诗歌创作开始,逐渐形成了积极参与社会现实的文学倾向和在诗歌语言领域追求文学自由的努力,金洙暎认为自由是与现实和语言都相关的问题,并进行了探索。

金春洙(1922—)是一位把诗歌语言的绝对纯粹性推向极致的诗人,他被公认为是一位接受并消化吸收了西欧象征主义诗歌理论的诗人,这种诗歌倾向在初期表现为对无限的探索,后期表现为对纯粹诗和无意义诗的探索。他的初期诗作受到了里尔克(Rainer Maria Rilke)诗歌的影响,探索生命的悲剧性状况和存在的孤独。《云和玫瑰》(1948)、《沼》(1950)、《旗》(1951)、《邻人》(1953)、《花的素描》(1959)、《布达佩斯少女之死》(1959)

等诗集表现出初期诗作的面貌，对存在的探索带有对绝对世界的憧憬及祈愿的成分，对于无限的探索进一步发展为对某种不可言传的事物的探究。

> 刚才我是一头危险的野兽，
> 如果被我的手碰到，
> 你会成为未知的无尽黑暗。
>
> 在存在摇曳的枝头，
> 你悄悄开放又凋零，
> 在这让人眼睛湿润的无名黑暗中，
> 点亮记忆的一盏灯。
> 我一夜哭泣。
>
> ——节选自《花的序诗》

这首诗描写的是"花"，却并未给人以具体的感性认识，只是一种抽象的意象，目的是为表达对存在天际的认识。不过，在后期的诗歌中，金春洙试图消除这种抽象的色彩，从20世纪60年代末开始，他开始提倡"无意义诗"，创造了独特的诗歌世界。诗人的这种诗学思想反映在《打令调及其他》（1969）、《处容》（1974）、《南天》（1977）、《被淋湿的月亮》（1980）、《处容以后》（1982）等诗集中。

> 雪中的初冬，
> 红色的果实日渐成熟。
> 在首尔近郊，一只从未见过的
> 白尾巴小鸟
> 正在啄食果实。
> 忍冬叶片
> 越冬的颜色
> 比人们未圆的梦想
> 更加悲哀。
>
> ——《忍冬叶》

　　读者无从得知诗人在这首诗中通过意象到底要表达什么，只能感受到初冬鲜明的意象。与对日常事物的具体陈述相比，这首诗排除了对世俗生活的描写，只是通过简明的风景描写刻画意象，展现出透明而美丽的意象空间。

> 男人和女人
> 下半身湿漉漉的。

夜里看到的五加皮树,
下半部分湿漉漉的。
据说光着脚踏海而去的人,
变成了鸟,
只有脚底湿漉漉的。

——《泪》

这种诗把诗人的诗论推向了极端,让我们全然不知诗歌描写的对象和主题是什么,只有不同性质的意象罗列在一起,缺乏意思上的逻辑性连接。借助不合常规的意象,诗人尝试在诗歌中不表达任何观念或主题,因此,我们可以说这种诗不将某一种特定的主题概念化,只是表现没有具体对象的抽象意象。金春洙所说的"无意义诗"就是指不成为任何思想观念工具的描写性意象诗,这种诗歌思想意味着将诗歌语言本身的存在价值绝对化。

完全消解诗歌含义的实验可能永远无法成功,也有可能被批判为试图从诗歌中抹去社会现实和生活,不过,这种尝试对诗歌语言存在方式提出了根本性质疑,因此金春洙追求诗歌语言美学价值本身的观点对以后的诗人产生了不小的影响。

## 六 政治生活和实际生活

南北分裂和此后的韩国战争对20世纪后半期韩国文学的想象力产生了巨大的影响,20世纪50年代的很多作家用小说描绘战争的创伤,揭露战争的野蛮残暴和民族分裂的现实。他们大部分努力描绘战后的悲惨生活和精神毁灭,以崔仁勋(1936—)的《广场》(1960)为里程碑,反映民族分裂的分裂小说以更为客观的立场对分裂的现实提出了根本性质疑。崔仁勋出生于朝鲜,在韩国战争期间来到了韩国,他以极为知性的态度从多个角度观察分析战争与分裂的现实,在殖民地、战争、分裂接踵而来的韩国现代史中,他的小说以存在主义的态度探寻生活的意义,努力寻找韩民族的本质特点,他用极为知性的态度认真地探索韩国人不得不在残酷环境中悲惨生活的原因。在文体方面,他突破了传统的写实主义小说,多姿多彩地运用了多种试验性技巧,实现了韩国小说的革新。

其代表作《广场》不同于以前的分裂小说,批判了南北朝鲜双方,突破了当时的主流观念,给人强烈的冲击。主人公在韩国和朝鲜都无法找到自己的正统性,最终绝望。主人公李明俊是哲学系的大学生,在韩国生活,他的父亲去了北方,是一个坚定的共产主义者,他的母亲已经去世。李明俊对韩国的现实感到失望,希望逃避世俗,过上个人的生活,但是这种对密室的渴望也无法实现。由于父亲在对韩国广播上进行了政治宣传,李明俊受到保安部门的审讯,这彻底毁坏了他的密室。此外,对密室生活的最后一个渴望——与润爱的恋爱也以失败告终。李明俊在韩国再也找不到生活的希望,便逃到了朝鲜。在朝鲜,他又一次感到深深的失落。这时爆发了6·25战争,他被迫作为朝鲜军人参战。在战争中,他失去了在朝鲜交往的恋人恩惠,自己也成了俘虏。停战后,俘虏被释放,主人公李明俊拒绝去韩国,也拒绝去朝鲜,而是选择了第三国,因为他在南北朝鲜任何一个地方都找不到希望。他也知道,第三国也不是他希望的居住地,他最终选择了自杀。

　　李明俊看清了韩国社会的矛盾,因此受到了伤害,刚开始他企图通过水平的空间移动开始新的生活,这就是从韩国到朝鲜的移动。但是,南北任何一边都没有给苦恼的主人公李明俊敞开一条道路。

他虽然选择了第三条路,但那是抽象而不现实的,因为当时地球上根本不存在超越资本主义和共产主义两大意识形态的第三种意识形态,李明俊撞上了意识形态的暗礁,没有任何选择的余地。如上所述,《广场》通过一个青年的彷徨和挫折,揭露了一个被意识形态禁锢的时代。

继《广场》之后,崔仁勋又创作了众多发人深省的小说,《灰色人》(1963)描写了无望时代的生存苦恼,《西游记》(1966)穿梭于现实和幻想之间,进行了不合常规的叙事实验,《总督的声音》(1967)以讽刺小说的手法表达出新殖民地社会的危机意识,《话头》(1994)以整个20世纪为对象从宏观的角度概括了20世纪人的命运。除此之外,他还发表了《很久很久以前》(1976)、《月亮,月亮,明亮的月亮》(1978)等戏剧作品,提高了韩国话剧的水平。

李清俊(1939—)是最知性的韩国作家之一,对他来说,小说是一种"语言的梦想",这种梦想是由个人的自由和真实、宽恕及对爱的渴望组成的,也是生命总体的和谐。为了语言的梦想,他在自由和压迫、宽恕和复仇、理想与现实、个人的真实与集体的理想之间苦闷,为将这些综合起来而展开了想象。他还不断采用多种开放的形式进行实验,试图打开新世界的大门。他的小说没有停留在现实的表面,而是深入其本质和生活实际,创造出对人生真理和价值来说都十分宝贵的暗示和象征。

《白痴和傻子》(1966)描写了分裂时代年轻人扭曲的内心,医生兼诗人的哥哥因为手术失败,导致了一个女孩的死亡,从此之后,他放弃行医,开始写小说,他的小说讲述的是在韩国战争期间未能及时撤退的主人公杀死战友逃走的自传故事。当画家的弟弟被哥哥的小说所吸引,再也无法轻松地提笔作画。此外,作品中还讲述了弟弟与惠仁相爱、分离的故事,惠仁先是主动接近弟弟,却发现对方没有丝毫接受自己的意思,就和哥哥的朋友结了婚。哥哥不能再当医生了,弟弟不能再画画了,而且也无法与惠仁相爱,不过他们的原因各不相同,这表明50年代的青年与60年代的青年之间存在着代沟。哥哥曾经在韩战期间杀害了战友逃跑,如今在做手术过程中又导致一个女孩死亡。当然即便不做手术,那个女孩的生命也很危险,手术的风险本来就很高,根据具体情况,医生也可以不必承担责任。但是,哥哥主动承认了自己的失误,努力通过反思恢复活力。与此相反,弟弟被刻画为一个在现实中十分无能的艺术家形象，他自认为受到某种原因不明的东西迫害。就像惠仁给他的绝交信中写的那样，他是一个"没有什么大病的"病人。哥哥受伤的症状和原因比较明确，弟弟的症状和原因却很模糊，哥哥只是产生了焦虑的心理动摇，他在尽力克服"白痴"意识，弟弟却与此不同，他无法适应现实，这个"傻子"弟弟的内心代表着20世纪60年代年轻人内心的苦闷。

李清俊的代表作是长篇小说《你们的天国》（1976），在这篇小说中，作家探索了个人与集体的问题，作品以位于小鹿岛的麻风病医院为背景讲述了麻风病人与医院院长之间的矛盾冲突。医院院长赵白宪怀着善良的愿望，筹划着为麻风病人建立"你们的天国"，并要付诸实施。但是麻风病人们怀疑那并不是"我们的天国"，而是"你们"建立的"你们的天国"，因此不肯予以合作。黄长老等麻风病人渴望的"我们的天国"要基于自由意志和爱的交流的实践力量，应该以内部自力更生的意志和命运为基础，而不是由上层或者外部来主导。赵白宪院长终于意识到，"只要不是同舟共济，任何力量的秩序都只能制造出可怕的力量偶像"，所以他悄悄离开了小岛。五年之后，赵白宪以个人的身份而不是医院院长的身份重回小鹿岛,虽然他想和病人们同甘共苦,可是他已经失去了现在需要的院长的权力,所以遇到了另外一种障碍。赵白宪努力探索建立"你们的天国",而不是"我们的天国",但是其反省的理念和努力在小说没有获得更具体的成果。不过在小说的结尾,麻风病带菌者尹海元与没有染病的徐美妍举行婚礼,这一内容暗示建立"我们的天国"并非没有可能。以爱和自由为前提的这场婚礼暗示人们可以追求基于自由意志的共同幸福,此时此地,自然萌发出对"我们的天国"——没有麻风病人和普通人、你和我的区别、人与人之相互交流、和谐共处的渴望。总之,《你们的天国》包含着对现实与理想、主体与他人、个人与集体、自由与幸福、爱与实践等多种问题的深入思考。

此外,李清俊还创作了以语言问题为中心探索个人与社会关系的《寻找失去的语言:语言社会学序说》(1981)和通过盘素里艺术将韩国传统感情——恨升华的《南道人》(1978)系列作品、极为独特的探索故事(queststory)《离於岛》(1976)等多部小说,表现出一个严肃的作家对分裂时代与产业化时代认真反思的思想轨迹。

在20世纪60年代的文学界,金承钰(1941—)

被誉为带来"感性革命"的作家，表现出与以前的小说完全不同的感觉和崭新的文体。他擅长从平凡的日常生活中制造新鲜的意外，将幻想与现实巧妙地结合起来。此外，他在机敏的分析、严谨而完整的结构构建、多种意识流的捕捉以及感性文体的应用等方面表现出色，其成名之作《雾津纪行》（1964）以及用现代的都市想象力和感性的文体表达现实忧伤的《首尔1964年冬天》（1965）、《首尔的月光章》（1977）等都是他的代表作。《雾津纪行》以纪行文的形式讲述了一个30岁出头的男子回到自己曾经生活过的小镇雾津的四天中发生的故事，主人公回忆，"每当自己想要逃避在首尔的失败或者需要重新开始的时候"，都会回到雾津，但这次回来是由于妻子的劝说，在妻子的大力帮助下，他即将荣任岳父制药公司的总经理。他曾经失恋，后来与丧夫的现任妻子步入了没有爱情的婚姻殿堂，此后事业蒸蒸日上。可是在离开首尔返回雾津的途中，他开始怀疑自己的生存状况，这可以说是一种存在与占有之间的困惑，这种矛盾就像存在的悖论性象征——"雾"一样让主体的意识混沌不清。在追求存在和追求占有的生活中苦恼的他梦想着在"雾津"暂时过上追求存在的生活，但是接到妻子的电报后，他又重返追求占有的生活组成的首尔。对物质世界的现实性妥协意味着自我正体性的退化,作品以批判的视角描绘出韩战后年轻一代在物质、精神的失落中徬徨的内心世界。在连个人的幻想都被压垮的凋敝世界,主人公凄凉地体验到存在的悖论。小说以给人深刻印象的感觉和文体深入描写出这种凄凉乃至自我异化,在内容和形式两个方面都被公认为体现出艺术的现代性。

徐廷仁(1936—)通过小说创作对庸俗、丑陋的现实进行了批判,他不断革新小说的形式,揭露丑陋、低俗的内部现实。在具有浓郁存在主义色彩的初期短篇小说中,他探索了人类在庸俗现实中的存在,如处女作《送回》(1962)从社会临床学的角度阐释耳鸣,反映出军队中存在的愤怒,《迷宫》(1967)讲述了在自由意志的引领下探索人生的方向却遭到失败的悲剧。《江》(1968)是他在小说形式上继承古典美学的时期创作的杰作,具有短篇小说的一切美学要素,以巧妙的结构和严密的伏线、生动的对话、精练的语言刻画出人物性格,反映出在丑陋的现实中失去美好梦想随波逐流的人生,作品中表现出凄凉而虚无的生活节奏,给人留下深刻的印象。但是在创作过程中,他逐渐意识到,用这种典雅的形式很难刻画出庸俗而丑恶的现实，因此为了真实反映小市民冷漠、无望的日常生活，徐廷仁尝试进行叙事上的创新。在《杜鹃花节》（1983—1986）中，他积极尝试让充满生活气息的人物进行了生动的对话，在《达宫》（1987—1990）中，他进行了更有活力的叙事试验。《达宫》创造性地继承了韩国传统的晏乐文化——盘素里，徐廷仁交替使用诙谐和怜悯的感染力，创造出了符合多种人物生活及思想的交流形式，批判性地揭示出生活的丑陋和艰辛，努力通过口语生动的活力和开放的叙事形式展示现实生机勃勃的真面目。

# 第 三 章

# 产业社会的文学
（1970—1990 年）

## 一 概 况

20世纪70年代，韩国社会军部独裁长期化，政治混乱，社会僵化，维新体制在1972年10月出台直到1979年总统朴正熙遇害为止，在政治上对自由进行压制，但是这一时期取得了惊人的经济发展，被称为"汉江奇迹"。1971年，韩国的出口额为10亿美元，在六年后的1977年，出口额超过了100亿美元。政府采取了强有力的经济发展政策，成功地实现了产业近代化，但是这种经济成功也付出了很多代价，带来了副作用。农村社会遭到破坏，贫富差距加大，急剧的城市化导致环境污染、传统的崩溃以及风俗的堕落，特别是在经济分配上受到不公正待遇的劳动者极其不满，以吉他、牛仔裤、长发及超短裙为象征的新一代年轻人形成了追求自由的反抗性文化氛围，导致了反政府的学生运动。

1979年年底，持续18年的朴正熙政权下台，人们都相信政治民主化即将实现。但是1980年光州民主化运动失败，韩国又建立起一个军事政权。因此，知识分子、劳动者、学生的政治反抗进一步加强，国民对民主化的渴望越来越强烈。政府实行高强度的政治压迫，但是在社会各个领域的原有秩序和权威崩溃。与此同时，韩国通过举办1986年第10届亚运会和1988年第24届奥运会，经历了变化和发展，国家经济规模日益扩大，国民生活水平得到提高，文化上也进入了自由、个性的时代。此外，通过1987年的宪法修订和总统选举，韩国的政治民主化一定程度上得以实现。

20世纪70年代，韩国文学对产业化带来的各种问题表现出极大的关注，黄晳暎、尹兴吉、赵世熙、李文求、崔一男、朴泰洵等很多作家在作品中反映了贫富差距、劳动者的异化、物质万能主义和风俗的堕落、传统农村社会的崩溃等产业化带来的问题。

此外，也出现了很多反映南北分裂的小说，金源一、赵廷来、全商国、李东河、柳在用、玄基荣等人以对韩国战争的体验为基础，再现了战争与分裂造成的悲剧和创伤，为用文学消除战争与分裂的痛苦与矛盾做出了努力。另外，也涌现出很多反映以往历史的历史小说，特别是朴景利、朴婉绪、崔明姬等女作家通过家族史小说回顾了近代史与民族、民众及女性。另一方面，崔仁浩、赵海一、赵善作、韩水山、朴范信等人以大众的都市感觉将新的社会风俗小说化，拓宽了文学的读者层。

在诗歌方面，这一阶段创作出很多批判现实的诗歌，金芝河、申庚林、高银、赵泰一、李盛夫、郑喜成等人再现传统的盘索里和民谣中的民众感情，批判政治现实。还有一群诗人通过对语言和形式的实验，用知性的语言反映出人们在产业化过程中被扭曲的面貌，黄东奎、郑镇圭、郑玄宗、吴圭原等人从个人角度以全新的感性和语言吟咏了时代与生活的矛盾。

20世纪80年代，顺应民主化运动的热潮，更加猛烈地批判社会现实的文学作品非常流行。在小说领域，金永显、郑道相、邦贤硕等人通过资本与劳动的对立反映出劳动者的异化，在诗歌方面，朴劳解、金正焕、金明仁、河钟五等人表现出相似的倾向。但是，这一时期的文学成就主要是由那些以更柔和的态度探索时代和现实的诗人与作家取得的。李文烈凭借丰富的想象力和华美的文体，成为80年代小说的领军人物，朴常隆和金源祐以抽象的方式将人的本质问题形象化，韩胜源和金周荣将韩国的传统感情小说化，与叙事相比，尹厚明更擅长通过意象或氛围创作抒情小说，朴荣汉探索集体中的个人问题及小市民的生活，林哲佑在历史脉络中重新思考分裂现状，努力使政治想象力更为洗练，李仁成和崔秀哲等人打破了传统的小说写作方法，这些作家为这一时期的文学增加了丰富的色彩。在诗歌方面，李晟馥、黄芝雨、崔胜镐、朴南喆等人反对传统的诗歌语法和语言，果断地采用粗糙的日常语言揭露现实矛盾。在这一时期，处于文学边缘的女作家也活跃起来，小说方面主要有吴贞姬、姜石景、梁贵子、金采原、徐永恩、金香淑等人，诗歌方面主要是崔胜子、金惠顺、姜恩乔、金胜熙、高静熙等人。

由于多种专门刊物杂志创刊，并涌现出很多有才华的剧作家，20世纪70年代以后，戏剧文学日趋活跃，具体来说，西欧的戏剧形式和传统民俗剧结构的结合成为主流，很多剧作家尝试用现代的方式再现传统假面舞和盘素里的技法，用传统的传说等素材反映现代社会。这种倾向发展为20世纪80年代的民众剧，为韩国现代戏剧本体性的确立做出了贡献。吴泰锡是20世纪70年代以后创作活动最活跃的戏剧作家，他将韩国人的传统生活与人的原始本能、原始生命力结合在一起，因此，他十分重视具有乡土特色、类似祭祀仪式的话剧。剧作家李康白主要运用寓言的手法抽象地反映当代现实，并从传说、经典中引入了很多反映人类本质的象征和语言。另外，剧作家李铉和擅长用恐怖的气氛表现内心不安的现代人所面临的危机。

## 二 产业化的阴影

20世纪70年代，韩国社会通过急剧的产业化取得了长足的经济增长，但是，劳动者和农民以及城市贫民没有享受到经济增长的利益，与富裕阶层相比之下的相对贫困和劳资之间的矛盾、农村人口移民到城市所引起的农村凋敝加深了社会矛盾。黄皙暎、尹兴吉、赵世熙、李文求关注这些弱势阶层的生活，批判社会现实，追求社会正义。

作家黄皙暎（1943—）以一个工人的自焚事件为契机创作出小说《客地》（1971），作品用遒劲有力的写实文体描绘出流浪工人的生活。作品的背景是滩涂上的工地，工地上的工人工资很低，难以维持最低生活水平，他们还因为受到不正当的待遇而备受煎熬。尽管劳务费比法定的工资还少，他们却仍然拿不到现金，而是白条。每当需要现金的时候，他们只能把白条廉价卖给文书。此外，管理人员还动用流氓镇压不满、反抗的工人。由于再也无法忍受剥削和压迫，主人公李东革策划罢工，要求改善恶劣的劳动条件，但是参与罢工的工人中了所长的圈套，取消了罢工，只有李东革带着炸药留在了山上。《客地》真实地描写出工人的悲惨处境和紧张的罢工行为，堪称一份生动反映出既得利益阶层的恶行、工人的生存意志以及这两个阶层间对立与冲突的时代现状报告，成为70年代以后众多劳动现场题材小说的先驱。

在黄皙暎的《去三浦的路》（1973）中，出场人物背井离乡，过着"漂泊的生活"，主要人物有三个，分别是因为没活儿干离开工地寻找新活计的"永达"和在监狱掌握了几种技术后辗转在各个工地干活后来返乡的"老郑",还有从酒馆逃出来的女招待"百花"。他们要一起回老郑的家乡"三浦",在这里,三浦不仅仅是一个物理空间,而是精神上的安息处,是与流浪地——"客地"相反的空间,具有乌托邦的含义。但是,现在的三浦已经不复有往日的美丽,这反映出时代的变化,因为连三浦都由于大规模的滩涂开发和工业园建设沦为与城市无异的空间。通过这一内容,作家象征性地揭示出产业化导致精神家园丧失。作家通过在产业化的过程中失去生活基础在社会底层流浪的人物形象,深刻地揭露了产业化的副作用。

黄晳暎的《韩氏年代记》(1972)描写了在南北分裂的情况下知识分子经历的悲剧,他的另一部作品《武器的阴影》(1987)以军队生活和越南战争体验为背景,长篇历史小说《张吉山》(1974—1984)描写了朝鲜时代民众苦难的生活和反抗,《跨越死亡,跨越黑暗》(1985)可以说是一份光州民主化运动报告。

尹兴吉(1942—)关注的是分裂问题和城市贫民的生活,《留下九双皮鞋的男子》(1977)反映了城市贫民痛苦的现实。随着社会的产业化,韩国出现了人口向城市集中的现象,随之发生了居住难问题，在城市郊区出现了未经许可建起的贫民区。政府强制拆除这些未经许可的房屋，迫使这里的居民搬迁到新地方。在这部作品中，作家将焦点集中在被城市规划政策驱赶的城市贫民的贫困生活方面。在城南买了房子的吴先生一家为筹措买房钱出租了一间屋子，租住这间屋子的是姓权的一家，姓权的男人不断强调自己是贵族的后代，是大学毕业的知识分子，并解释说由于自家宅地拆迁问题，自己被诬陷为争端的主谋，所以沦为有犯罪前科的人。为了给即将分娩的妻子凑手术费，姓权的男人扮作蒙面大盗来到吴先生家。认出他之后，吴先生巧妙地与之周旋，将他赶了出去，从此姓权的便消失了踪迹。吴先生只在他的房间里发现了九双摆放整齐的皮鞋。

在这部小说中，姓权的男人每天都认真擦皮鞋，这与他贫困的生活极不和谐。他执著于皮鞋，是为了表明自己是知识分子，可是人们都把看作工人，没有人把他当作知识分子，因为今天阶层不是凭家门或学历而是由经济能力所决定的。姓权的男人的皮鞋象征着没有经济能力却具有强烈自尊心的平凡小市民的处境，作家通过他对皮鞋的执著批判了不把人当人的社会现实。

与《留下九双皮鞋的男子》一脉相承的作品还有《直线与曲线》(1977)、《翅膀或手铐》(1977)、《苍白的中年》(1977)等,都描写了贫困、无能的知识分子,鞭挞了只重金钱无视知识和尊严价值的现实。此外,尹兴吉还创作并发表了描写左派儿子的亲奶奶和右派儿子的姥姥产生戏剧性对立而后和解的杰作——《雨季》(1973)、以讽刺和诙谐描写权力暴力的《袖章》(1983)、以温情的视线描写现代史剧变中女性苦难经历的《娘亲》(1982)等。

赵世熙(1942—)的《矮子射上去的小球》(1978)也通过城市郊区一个工人家庭的生活反映出资本支配下堕落的城市生活。在这部小说中,作家为了有效地表现出渺小或失去梦想者的黑暗生活塑造了矮子一家。"矮子"是在庞大的社会组织中被迫萎缩的渺小的个人肖像。身高1.17米、体重不过32公斤的"矮子"勤杂工金不二一家接到了区长的通告,命令他们离开"乐园区幸福洞46番地",对他们而言,这意味着失去曾经给予他们幸福的乐园。房地产商狡猾的投机和公司单方面的解雇通知使他们一家的生活变得更加悲惨,最后,"矮子"在工厂的烟囱上自杀了,他的大儿子企图杀死公司的董事长，却错杀了那个人的弟弟，被捕后被处死刑。靠着"矮子"的女儿英姬的卖身钱，他们一家才从投机商手中重新收回了入住权。这里我们应该注意的是对世间现实绝望的"矮子"在工厂的烟囱上向着天上的乐园——月宫扔纸飞机、射小球时摔死的内容，它以极端的方式表现出理想与现实、反抗与挫折之间的对立，有效地表现出现实的矛盾。《矮子射上去的小球》以独特的想象力反映出20世纪70年代韩国社会的经济矛盾。

产业化使农村受到的伤害最大，贫穷的农民离开农村来到城市，成为工人或者城市贫民。李文求（1941—）关注的是产业化如何改变了传统生活的根据地——农村，堪称其代表作的《冠村随笔》（1977）以作家真实的故乡——忠清南道大田为舞台，用八篇中、短篇小说组成的系列作品形式描写了作家童年时故乡的样子。城市化之前的故乡虽然生活艰苦，也存在矛盾，但是大体而言民风淳朴、纯真，仍然保存着人与人之间的温情。因此，《冠村随笔》记录了失去的故乡，题目中的"随笔"一词表明作品以自由的形式记录了作家在"冠村"地区基本真实的经历，同时意味着作品更强调散文式的和解，而不是小说的冲突。

但是,《我们村》(1981)中描写的农村已经是产业化引发变化的地方,原来的美好风俗和温馨的人情消失了,人心开始变得冷漠,人们模仿城市追求快乐的消费习俗。作家在作品中具体表现出产业化导致的农村社会崩溃,他还通过特有的诙谐文体表现出对人的信任。《我们村》被评价为描写20世纪70年代韩国农村社会的最佳作品。

## 三 对分裂现实的探索

韩国战争导致了民族分裂和家庭离散,成为此后韩国文学的重要素材和主题,因为它不是已经过去的历史,而是仍然存在的重要现实,换言之,因为很多人的战争创伤仍未痊愈,民族分裂依然是韩国社会最大的矛盾。由于陷入感情上的受害意识难以自拔,20世纪五六十年代的战后文学的确存在着将现实抽象为病态残缺状态的倾向,然而到了20世纪70年代,作家们获得了一定距离可以更客观地描写战争和分裂,金源一、赵廷来、全商国等作家以自己直接经历的战争体验作为创作的源泉,以克服分裂、产业化、民主化作为创作的主题,他们超越了理念上的偏见和对立，从人道主义立场揭露战争的惨状，证明分裂的矛盾。

金源一（1942—）的小说作品一贯以分裂和战争体验为素材，由于开展左翼活动的父亲在韩战期间逃到了北方，金源一不得不忍受贫穷、周围冰冷的视线以及母亲严厉的态度，他以这些个人经历为基础记录了战争造成的创伤。《黑暗之魂》（1972）以韩战前的混乱时期为背景，描绘了纯真的少年"甲海"眼中的战争。作品采用成长小说的形式，描写了身为知识分子的父亲进行左翼活动致使一家人受苦的故事。在这篇小说中，对甲海来说，思想理念的问题是模糊不清的，而饥饿带来的生理痛苦则是切切实实的。此后，这种对饥饿的体验成为作家看待世界的放大镜，人在极端情况下如何生存成为其作品的一贯主题。甲海憎恶让家里人忍饥挨饿的父亲，但是当他看到被枪杀的父亲的尸体，对谜一样的世界产生了恐惧和怀疑。由于作品讲述的是年幼孩子以纯真的眼光所看到的战争，因此没有受到政治理念的束缚，真实揭露了战争的惨相，并强调理念本身就是令人不明真相的"黑暗"，导致了人类生活的凋敝。

《霞》（1977—1978）通过身份的变更表现出战

争造成的冲击，出身高贵者与出身卑贱者之间的冲突与转折形成了故事的核心，作品将封建秩序的瓦解与战争联系了起来，并且强调与理念或思想本身相比，是超越"下人（屠夫）"之子的身份与共产主义理念——"没有阶级的社会"联系了起来。在小说中，出身贱民的屠夫金三朝之所以进行左翼活动，是其屠夫身份导致的自卑感发挥了作用。这样一来，韩国战争不仅仅是一场理念之战，而且成为了一场身份之战，而让成为革命战士的金三朝像屠宰牲畜一样杀人的反倒是理念残忍的一面，最终他自杀而亡，还不知道理念是什么就成了理念的牺牲品。作家没有站在理念或民族之类很高的层次探讨战争，而是通过这个故事从个人生活、封建身份制度的角度对战争进行了思考，作家告诉人们，所有的人都是受害者，所以要通过爱和宽容解决战争问题。

《冬季山谷》（1985—1987）以李承晚政权的左倾强硬路线所导致的悲剧性屠杀事件（居昌良民屠杀事件）为背景，描写了民族分裂给民众造成的牺牲。但是，金源一没有直接揭露意识形态的表面，而是对生活做了具体描写。这部小说共六章，借19岁青年文翰得和他哥哥文翰石的视角轮流叙述了游击队在山里的生活和村里人的生活。不过游击队员文翰得不是因为理念而是由于紧迫的生存问题成为共产主义者的，游击队员饥寒交迫的具体情况、忠实于意识形态的原理主义者宋中队长之死等情节说明意识形态不过是虚构。

《关于鹬的冥想》（1979）通过逃到南方的一家人内部的矛盾描写了背井离乡者的悲哀，《火之祭》（1980—1983）以韩国战争为背景塑造了多种多样的人物，全面分析了战争与分裂的原因，《寻找幻灭》（1983）描写逃到北方的人通过文章表明对朝鲜社会主义感到幻灭，而这篇文章对留在韩国的家人造成了痛苦和无力之感，《庭院深深》（1988）以温馨的视线描绘出逃难者一家及其周边人物的日常生活，堪称一幅风俗画。在这些小说中，作家描写的人物都是理念的牺牲者，作家对他们表示同情、理解和和解。

赵廷来（1943—）的大河长篇小说《太白山脉》（1983—1989）是作家严谨搜集资料后创作的作品，被评为最广泛地反映解放后政治状况的作品。它共有十卷，从时间上来说，先后描写了韩国解放、分裂以及韩国战争等民族史上的动荡，从空间上来说，它以全罗道筏桥地区为出发点，逐渐扩大到智异山一带，然后又沿着太白山脉扩大到全国各地。作家以共产党组织的"旅顺叛乱事件"为中心展开叙述,探寻游击队在国军的围剿下进入智异山后的行踪,告诉人们他们所选择的意识形态到底是什么。在这一小说中,历史上的真人和虚构的人物一起出现,作品对他们的生活和社会经济背景进行了细腻的描写。

这部小说中出现了很多人物,但是核心人物是廉相镇和金范宇,廉相镇虽然出身奴仆,却具有坚定的历史意识,是一个共产主义者,参加左翼活动,在作品中被刻画为一个完美的人物,为建立没有剥削的平等社会,不惜牺牲自己的生命。通过这个人物形象,作家强调解放之后的左翼运动和南劳党的斗争具有合理性和必然性。另一个人物金范宇与之不同,他是一个地主出身的进步主义者,在社会主义革命和民族主义之间更强调民族主义。这种中间立场使他遭到左派和右派两边的排斥,被看作软弱的理想主义者和虚无主义者。除此之外,小说中还出现了反民众的坏地主、亲日的资本家和官僚,还有很多在左派和右派两个极端之间表现出各种态度的民众。这部小说中塑造了以知识分子为主的游击队和民众游击队、反动的右派和有良知的右派以及站在他们中间的理想社会主义者和人道主义者、虚无主义者，使作品富有立体感。而这一作品最大的特点应该说是它打破了此前一直制约作家想象力的"红色情结"，探讨了战争和理念的问题。

全商国（1940—）的代表作《阿呗的家人》（1979）通过战争对一个女人生活的破坏揭示了尚未痊愈的战争创伤，"阿呗"象征着被战争扭曲的家庭史，也象征着无法抹去的战争伤痕。韩国战争一爆发，母亲结婚才两个月的第一个丈夫应征当了义勇军，正在孕期的母亲和婆婆一起被外国士兵轮奸，母亲早产生下了身心都有残疾的孩子，这个孩子的名字是"阿呗"，因为他只能说"啊—啊—啊呗"。后来，母亲和十分疼爱阿呗的退伍军人再婚，为了对自己杀害无辜平民和军人的行为赎罪，继父精心照料阿呗，但是包括母亲与继父所生的"我"在内的四个孩子和家里人都十分讨厌性欲旺盛的阿呗。为了摆脱这种痛苦，"我"的一家留下阿呗移民去了美国，可是深受良心谴责的母亲从此一病不起。通过母亲的日记，我了解到阿呗的秘密，为了寻找阿呗，申请做了驻韩美军。

这部小说没有直接描写同族相残的悲剧和战争的惨状，而是描写了一个承受战争痛苦的女人的人生。作家强调，韩国战争至今仍隐隐作痛，折磨着韩国人，寻找只有性器官发达、智商不足20岁的青年阿呗就是寻找被忘却的韩战的含义，因为阿呗既象征着战争留下的创伤，也是不幸的种子，从他身上体会到的罪恶感、愤怒、憎恶、无能为力本身就是我们对战争的感受。

## 四 社会想象力的扩大

20世纪70年代以后，为了反抗政治压迫和产业化，韩国诗歌越来越关注社会。高银、申庚林、金芝河、李盛夫、赵泰一等诗人用诗歌形象地表达出对社会现实的批判性认识，表达了通过诗歌反映社会现实、改变不合理现实的意志，而且这种实践性意志侧重于以民族、民众的概念为核心的理念领域。

高银（1933—）初期的诗歌从佛教中获得了灵感，具有禅宗直观认识对象的要素。其初期诗歌吟咏的主要是虚无和消失，对消失的关注从他的第一部诗集《彼岸感性》（1960）一直延续到《去文义村》（1974），对消灭的省察与死亡的允诺相结合，表现为对已故姐姐的憧憬与思念，而且死亡的阴影掩盖着虚无主义情绪的碎片。

> 冬天去文义看到了,
> 死亡拥抱着生活,
> 接受了死亡。
> 原本一直拒绝接受,
> 但死亡听到了人的声音,
> 走开了,再回头看看。
> 一切都那么低矮,
> 这个世界下着雪,
> 无论怎么扔石头都不会死亡。
> 冬天的文义哟,雪覆盖了死亡,还要覆盖什么?
>
> ——节选自《去文义村》

在这首诗中,他将"文义村"描写为允诺死亡的空间或者说个人死亡与普遍死亡交汇的地方,其中包含着对生与死的省察。不过,在发表诗集《去文义村》的20世纪70年代中期,高银的诗歌开始发生变化,摆脱了从《彼岸感性》(1960)延续到《新语言村》(1967)的虚无主义色彩,高银开始创作正面反抗政治现实的诗歌,发表了直面到处是分裂与独裁的历史现实歌唱激烈斗争意志的诗歌。他凭着对历史的坚定信念创作出系列作品《万人谱》(1987)和叙事诗《白头山》(1987)等宏大的作品,《万人谱》用抒情的语言将韩民族个体成员的真实生活整合在了一起,《白头山》则用叙事的手法将民族史上的苦难、进步及信念进行了形象化表现。

高银诗歌的这种变化与韩国社会的变动有着密切的关系,不过,从另一个角度来说,其后期诗歌对理念的追求牺牲了其初期诗歌中"消失"的美学。

申庚林(1936—)通过诗集《农舞》(1973)写实地描写出在高速产业化中被异化的农民形象,他的诗歌直视农民的贫困和痛苦,表达出来自农村的真实声音。他的诗歌不同于以前那些描写农村风俗特色或田园风光的作品,展现出农村作为生活现场的面貌,因而充满了叙事要素和写实性描写,文字简洁、准确,叙述符合农民的感情,让人真切地感受到农村的现实,也暗示在产业化过程中被异化的阶层所具有集体意识。

> 没出息的家伙只要见面就兴致勃勃,
> 站在理发店门口削甜瓜,
> 坐在长条桌前喝上马格里酒,

看表情都像是朋友。

聊聊湖南的干旱、合作社的债务,

和着药贩子的吉他声用脚打着拍子,

嘴上嚷着为什么老是想首尔,

是去哪里打牌,

还是掏光口袋里的钱去媳妇那儿?

聚在学校操场上喝着烧酒,撕着鱿鱼干,

不知不觉,漫长的夏日夕阳已经西斜,

散场了,有人提着双旧式胶鞋,有人拎着条黄花鱼,

皎洁的月光下,一瘸一拐走在路上。

——《罢场》

在这首诗歌中,扎根于农村现实的写实性描写与叙事性结合在一起,农民充满慨叹和愤懑的心声引起弱势阶层的共鸣。申庚林诗歌的另一个意义在于将现代诗与民谣结合在了一起,《鸟岭》(1979)和《爬上月亮》(1985)等诗集就创作于他对民谣诗运动表示极大关注的时期。这种努力不仅仅意味着再现民谣的情调和格律形式,他不仅用生动的韵律表现出民谣的韵律,还表达出其中蕴涵的民众生活体验,民谣要素的运用在形式和感情上都唤起了对民

众生活体验的实际感受。

　　诗人对农民生活与民谣韵律的关注诞生了用长句子描绘民众生活的长诗《南汉江》（1987），在这首长诗中，他使用了很多被人淡忘的具有浓郁乡土特色的词汇，将民众的生活和感情加以形象化，长诗中插入了民谣的韵律，更加生动地表现出集体的体验和感情。申庚林不仅是一位为农村现实代言的诗人，还是一位将源于对经历写实的叙事性运用到诗歌中的诗人，他还被评价为采用民谣情调和韵律将民众语言诗歌化的诗人。

　　金芝河（1941—）在自称为"谭诗"的作品《五贼》（1970）中辛辣地批判了堕落的社会政治现实。这一作品以现代的方式对传统韵文形式的歌词、打令、盘索里辞说等加以变形，从而对长诗的可能性进行了新的实验，其中大胆而流畅的辞说与现代诗歌所追求的艺术张力、节制等价值观背道而驰。作品中既有抒情，也有叙事，既诙谐，也有悲壮之美，词语的反复使用和大胆的省略、敬语与俗语的大量运用等使作品中充斥着各种语言，但如此多样的话语都始终处于讽刺精神的统领之下。讽刺是对当代社会现实尖锐批判的产物，讽刺的目的是否定政治权威和腐败。诗人在《五贼》中批判的对象是财阀、国会议员、高官、将军等韩国社会的上层人物，是社会压迫和腐败的核心阶层。由于这些诗歌的创作，金芝河遭到了政治迫害，这使他作为反独裁民主化运动的核心人物、具有批判意识的知识分子声名鹊起。

金芝河诗歌世界的另一个领域是浓缩悲壮美的抒情诗，在其第一部诗集《黄土》（1970）中，对苦难历史和贫瘠生活的悲叹以一种强烈的叛逆精神喷薄而出，而具有备忘录性质的诗集《燃烧的饥渴》（1982）记录了他在狱中度过的20世纪70年代，作为《黄土》的姊妹篇，形象地表达了悲观的现实认识和叛逆精神。

空山
任何人都再也上不去的
那座空山

海和风
相遇哭泣的孤独童山
啊，空山

即使现在我们死亡、消逝

躺进了棺材也无法离开的大山
空山

绵远无限
白昼的挣扎让人疲惫
现在躲藏起来
进入深深的泥土,进入沉默的山脉
谁都不知道悄悄燃烧的木炭
明天会是火花

——《空山》

在这里,"空山"象征的绝望中也包含反抗的火花。金芝河的写作涉及抒情诗、谭诗、叙事诗、大说、戏剧、散文等各个领域,他通过《爱吝》(1987)等组诗发展了抒情诗,将《五贼》等作品的复合性文学形式发展为复合性文学体裁——"大说"。在这一过程中,他从叛逆和对抗精神出发,对世界观和形式进行了整合。他广泛涉猎了天主教、东学、甑山教、华严宗、禅、弥勒等多种思想,从80年代起,他以生命的概念为中心发展自己的思想,他对生命的关注不是出于神秘主义,而是探讨人类对抗反生命现实的未来解放前景。

作为诗人，金芝河对多种传统体裁进行了改造，给现代诗注入了政治想象力，他被评价为 20 世纪 70 年代以后对扩大韩国诗歌的社会想象力发挥决定性作用的诗人兼思想家，特别是其广泛的文学创作扩大了诗歌的体裁，形成了被称为生命思想的深邃思想，在文学史上具有重要意义。

## 五　女作家的声音

20 世纪 70 年代到 80 年代是女性文学大师出现并积极进行创作的时期，此前女作家要么只就有限的主题进行创作，要么未能持续进行写作，但是到了这个时期，朴婉绪、朴景利、崔明姬、吴贞姬等女作家就不同的主题持续进行了富有个性的文学创作活动，从这时起女性文学不再是指女作家创作的文学，而可以根据文学作品本身做出评价。朴景利以历史的观点创作了以女性为中心的女性家族史小说，崔明姬以抒情的文体从存在主义角度创作了女性家族史小说，朴婉绪通过日常生活中的琐屑故事娴熟地描绘出在中产阶层虚伪的意识，吴贞姬即便描写女性琐碎的日常生活也通过严密的心理描写深刻揭露其内面的暴力性。

朴景利（1926—）从登上文坛之初就强烈批判社会矛盾和不合理带给人们的不幸，其代表作《土地》（1969—1994）讲述了庆尚南道河东的大地主崔参判家的孙女崔书熙重新振兴没落家族的故事，故事从尹夫人开始，核心是尹夫人之子崔治秀、孙女崔书熙、曾孙子崔润国、崔焕国共四代人的家族史，从时间上来说从旧韩末延续到解放时期，空间上则以晋州、首尔、河东、龙顶为背景。此外，开港和义兵抗争、东学运动、韩日合并、独立运动、解放等都是故事发生的历史背景，作品描写了在这种混乱局势中生活的各种人物波澜起伏的人生，表明家族既是生命之源，也是恨的根源。

青孀寡妇尹夫人被曾是东学军人的金开柱强奸，生下了九天，九天后来和嫂子——崔治秀的妻子私奔，招致崔参判家的败落。对麻木不仁的母亲深怀憎恶的崔治秀成为一个体弱多病、冷眼旁观的悲观主义者，后来被觊觎崔参判家财产的贵女一伙人杀害。尹夫人死于霍乱，家中只剩下了年幼的书熙。这时，亲日的远亲赵俊求抢走了书熙的财产，书熙一心要夺回财产，为此她去满洲经商，并和仆人吉祥结婚，致富后的书熙返回故乡，重寻往日的荣耀。

但是日本帝国主义的压迫日益加重,参加过独立运动的吉祥被捕入狱,儿子润国以学生兵的身份被迫入伍。就在这黑暗的尽头,书熙迎来了解放,小说到此戛然而止。

这部小说的题目"土地"不仅仅指土地或泥土,而且是指拥有包容能力和创造能力的母性子宫,是孕育生命的空间,也是被伤害者生活的地方,是民族生活的港湾。人类在土地上诞生、相爱直至死亡,因此,土地成为代表作家生命思想的一个意象,作家认为一切生命体都是一个小宇宙,都有自己的尊严。这种对生命的热爱强调土地的母性,归根结底,《土地》把地母神的意象与土地联系在了一起,是一部强调解除怨恨的杰作。

朴婉绪(1931—)的小说在平凡的日常生活中寻找多种主题,《裸木》(1970)、《照相机与军靴》(1975)、《干渴的季节》(1978)、《妈妈的桩子1》(1980)、《那年冬天很暖和》(1983)等作品写实地描写了战争给家庭带来的不幸;《蚯蚓的叫声》(1973)、《泡沫之家》(1976)、《摇摇晃晃的下午》、《乐土上的孩子们》(1978)、《都市凶年》(1979)、《妈妈的桩子2》(1981)等作品揭露了中产阶层的物质万能主义和浅薄虚伪的思想意识;《有生之日的开始》（1980）、《站立的女人》（1985）、《你还在做梦吗》（1989）等作品很有说服力地描绘出女性被异化的生活。作家借琐屑却与本质相关的故事饶有趣味地表现出多种主题，不愧为一个出色的讲故事者。

朴婉绪尤为擅长以平凡的家庭为舞台巧妙地描绘中产阶层女性的生活，以喜剧化的方式反映出70年代以后近代化过程中出现的中产阶层女性的炫耀之风潮和庸俗的利己主义本性，作家用各种花絮和具体的细节描写有效地引起了读者的共鸣。例如在《妈妈的桩子2》（1981）中，只要主人公忘记做家务活，就会发生不好的事，因此她总是觉得自己必须时刻保持紧张。这样，对主人公来说，家庭成为拴住自己的桩子，因为她被家庭所束缚，无法找到自我。作家从社会的角度充分反映出束缚人们生活的东西。

《乐土上的孩子们》（1978）以在大学当讲师的丈夫的视角剖析了中产阶层家庭。搞房地产投机的妻子去看想投机购买的地块，却用学术用语称之为"考察"，孩子们就像修剪得宜的盆景一样，干净却没有人情味，在学习方面，只要考第一其他一切都可以得到容忍。学校里为了净化环境、保持完美的秩序，在叶子落下之前就人为地把它们打落下来。《相似的房间》（1974）中描写的公寓楼更加可怕，人们生活在面积相同的公寓中，家里的家具完全一样，窗帘的颜色也差不多，吃的食物相差无几，甚至庸俗的丈夫们外貌都差不多。作家借此批判城市中产阶层安乐的生活和小市民的幸福是多么虚幻。如《教会羞愧》（1974）中所指出的那样，作者认为，对这种中产阶层伪善的生活、欲望和虚荣感到羞愧才能过上健康的生活。

长篇小说《未亡》（1985—1990）扩展了作家的这种主题意识，这部小说描写了开城巨商田处万一家五代人的生活经历，将19世纪末到6·25之后的历史状况与时代历史、女性史结合在一起，并把开城地区的语言和风俗融入其中。故事的主要人物是田处万的长孙女田泰任和她的下一代，作品以田泰任为中心，将其作为女性的生活和作为商人的生活作为小说的两条主线。

作家通过田泰任描绘了在家长制社会中自主独立的女性形象，她既同情又批判因与下人偷情而死去的母亲，自主选择与没落的贵族结婚，平等对待女儿和儿子，这些都表现出她作为女性的主体性，这种女性意识发展为人人平等的人道主义思想。作家还对开城商人以种植人参为中心的各种活动表示关注，在这部小说中，商业是瓦解封建身份秩序、积累民族资本的契机。作家还对田泰任用民族资本资助独立运动的行为表示肯定，因为这表现出开城商人重义轻利的精神。

崔明姬（1947—1998）的《魂火》（1981—1995）与朴景利的《土地》、朴婉绪的《未亡》并列为女性家族史小说的代表作，《魂火》讲述了梅岸李家女性三代的故事，即有婆媳关系的青岩夫人——栗村嫁来的媳妇——孝元所组成的家族史中人们出生、结婚、死亡的故事，孝元的丈夫江模和堂妹江实之间的近亲私通是主要的情节。青岩夫人和孝元一个守住李家，一个将其发扬光大，她们都是坚韧的女中豪杰，恪守了家长制的意识形态。与此相反，栗村嫁来的媳妇和江实是顺从、消极的女性，特别是江实因为与堂兄江模的爱一生都很悲惨，她被渴望实现身份上升的春福强奸，怀上他的孩子，却不做任何反抗，只是默默接受、承受自己的命运。

在这部小说中，"魂火"指的是每个生命体所具有的灵性，魂火消失，那个生命体就随之死亡，魂火是使存在像个样子的精神火花。作家坚信，痛苦可以让每个人的魂火变得更强大、更明亮，无论多大的痛苦，只要忍受下去就会迎来光明的未来。因此，作家通过檀君神话中熊女所代表的女性形象主张忍耐，她还从以前的历史、传说、岁时风俗、民间信仰、气候、风土中发掘这一信念，因此，《魂火》也堪称介绍韩国传统文化的文学博物志。

吴贞姬（1947—）主要创作短篇小说，她小说中的世界外表看来宁静、安详，其中却包含着令人不寒而栗的混乱生活，因为它们直面日常虚伪的安宁和和平背后黑暗的生活。作家主要通过中产阶层女性的内心揭露婚姻和家庭的束缚，揭示女性渴望从安逸却束缚人的家庭中解脱的欲望。作家以深刻的文字描写出隐藏在平静生活背后的黑暗及欲望的深渊，用执著的心理描写和严密的结构展现出短篇小说的精髓。

在《夜会》（1981）中，覆盖着金院长家的爬山虎生动地表现出这种内部生活，因为在主人公眼中，这栋被称为"绿色庄园"受人艳羡的房屋实际上却像一条巨大的"爬虫类动物"。金院长家每天晚上都邀请名人举行派对，但是这栋房子的二楼却关着他患精神病的儿子。一个看起来高尚、幸福的家庭内部却隐藏着如此极端的黑暗和不幸。

《黑屋子》（1980）记录了一个家庭主妇遇到灯

火管制演习在黑暗中独处20分钟的情形。主人公反倒觉得黑暗像子宫一样令人感到无比舒适，因为它保护自己不受外界冷酷的伤害。这种舒适感讽刺地表现出中年女性的自闭状态，因为家里人也与外人一样冷漠，日常生活周而复始，只是消磨时间，主人公在黑漆漆的屋子里独自体验恐惧。在这种情况下，黑暗一方面让人想起日常生活的暴力，一方面又将其隐蔽起来。《黑屋子》通过黑暗的这种双重性反映出存在的危机。

此外，吴贞姬还在《唐人街》（1979）、《幼年的院落》（1980）、《鸟》（1996）等作品中描绘了无法正常成长的童年，她还创作了《织女》（1970）、《献祭》（1971）、《火之江》（1977）、《空荡荡的原野》（1979）、《别祠》（1981）、《蝎子》（1983）、《古井》（1994）等作品，塑造了不孕、不育的女性形象。在这些小说中，作家描绘出死亡的意象或被破坏本能支配的悲剧性人生，揭示出对日常生活的破坏和向日常生活回归之间的紧张，因此，吴贞姬的作品堪称是用眼睛揭示隐性暴力和压迫的小说。

## 六　对存在的探索与崭新的语言

　　70年代以后，出现了很多不同于民众诗的诗歌作品，民众诗以民众感情和现实认识为基础，它们却对世界和人类提出根源性质疑，在语言和形式方面进行实验。这一时期也出现了很多吟咏人类内心和感情的抒情诗以及一些用知性语言表现产业化过程中扭曲生活的诗歌。黄东奎、郑玄宗、吴圭原等分别以特有的感性和语言对存在进行探索，在他们的诗歌中，扭曲的现实表现为变形的语言，不人性的要素表现为冷笑、反语、讽刺的语言，流露出执著于个人内心的孤立主义倾向，或者表现出晦涩难懂的特点。但是，他们的诗歌进一步扩大了想象力的范围，也丰富了诗歌的语言。

　　黄东奎（1938—）在《某个晴天》（1961）和《悲歌》（1965）中曾经表现出浪漫的忧郁及悲观的世界观，但是进入20世纪70年代之后，他对时代的黑暗做出了敏锐的反应。在《三南的雪》（1975）中，黄东奎表现出对政治暴力的恐惧和不能与之正面决斗的软弱所引起的苦恼与矛盾，他时而用反语和讽刺批判现实，时而用感伤的语言抒发自己软弱的内心感情。

> 作为低于兵长军衔的军人四处转转吧
> 从金海到华川
> 防寒服外套配着水壶
> 到处铁丝网
> 皆有盘查处
>
> ——节选自《太平歌》

这首诗用简洁的情境和语言表现出时代的黑暗。诗人说，到处都用铁丝网拦着，到处都有人盘查，对束缚个人自由、压抑精神的政治现实进行了批判，题目"太平歌"就是黑暗时代的反语。

自20世纪80年代以后，黄东奎的诗歌从对政治的关注转为对生存、文明的关注。在《小心鳄鱼?》(1986)、《没云台之行》(1991)等诗集中，他以琐碎的日常体验为素材，表达了时代的忧郁和存在的忧郁。他还通过组诗《风葬》探讨死亡，追求灵魂的安息和自由，特别是20世纪90年代以后，他敏锐地捕捉到制约存在的世界和生活的波折，创作出很多试图以精神自由来克服的诗作。在黄东奎的诗歌中，旅行出现得越来越多，也反映出诗人寻找自由的精神历程。在旅途风光和日常体验中，诗人努力发掘自由和救赎的征兆，这种努力通过诗集《弥矢岭大风》（1993）、《外星人》（1997）等诗集持续下去。

郑玄宗（1939—）在第一部诗集《物之梦》（1972）中表现出与事物自由交流时天真、温柔的想象力，他的想象力以类似"酒"、"舞"的陶醉和超越以及类似"风"、"草叶"的轻盈与事物交流。在陶醉的状态下像游戏一样与事物进行交流，即便只是短暂的瞬间，却赋予人喜悦和自由，诗人试图在这种喜悦和自由中获得对死亡和空虚生活的补偿。对郑玄宗来说，摆脱死亡和空虚的道路就是通过天真的想象力和具体的感官快乐与事物进行交流。

> 希望忘记跌落到最低处的命运，
> 就像忘记我们最终将落到
> 最低洼而且黑暗的土地上一样。
> 水滴陶醉于自己的色彩，
> 陶醉于恋爱和天真，
> 陶醉于酒精和血流的速度，
> 陶醉于愚蠢和时间，

所以水滴漂浮着吗?

——节选自《彩虹国的水滴》

彩虹是飘浮在空中的水滴,它们注定很快就要坠落在"最低洼而且黑暗的土地上",但是此时此刻它们形成了美丽的彩虹。诗人说,水滴之所以形成美丽的彩虹,是因为"天真的陶醉"。因为水滴天真地陶醉于自己的色彩、爱情和天真、酒精与热血,所以才能在那一瞬间形成美丽的彩虹。郑玄宗就是如此积极地评价瞬间的喜悦和陶醉的。

在《跌落也像球一样弹起》(1984)、《爱的时间不多》(1989)的作品中,郑玄宗也追求瞬间而感性的喜悦,这种喜悦如同自由燃烧的生命火花,只有放弃对自我或事物的执拗心灵获得自由时才能够得到。放弃对物质的贪欲,人们才能够和物质进行交流,放弃虚伪的态度,生命才能轻盈地跃动,郑玄宗的这种想法延伸为对生命的尊重和环境保护。《一朵花》(1992)、《世上的树木》(1995)、《是干渴,又是甘泉》(1999)中表现出对人为、人工物的警惕,强调对生命的热爱和敬畏,通过"衰老病态的世界"中发现的"绿色欣喜"盛赞生命的明朗与透明。郑玄宗是一位积极歌颂生命美好与宝贵的诗人。

吴圭原（1941—）是一位对诗歌的写作方法和技巧具有强烈自我意识的诗人，他以严谨的思维探索现实与语言的关系，从诗集《巡礼》（1973）开始表现出对语言的积极关注，这种关注的基础是他认为语言隐藏并歪曲现实。为了揭露在老生常谈的语言背后隐藏的谎言，他对语言进行扭曲或解体，通过语言发掘虚伪意识，批判现实。吴圭原诗歌中与语言的斗争也是与虚伪意识的斗争、与虚假现实的斗争，因此，他的诗歌摆脱了传统的句法和习惯，呈现出实验性面貌。

在《这片土地上的抒情诗》（1981）中，吴圭原也通过与语言的斗争批判了千篇一律的现实，他的这种诗歌创作方法逐渐变得精巧，也逐渐走向极端。在《有时候想活得轰轰烈烈》（1987）中，他甚至照搬最低俗的语言——商品广告中的字句或者运用广告中的意象颠覆凋敝的现实和意识。

> 一对男女（看脸庞
> 是韩国人）
> 走在沙漠中

一对男女（戴着牛仔款式帽子的男人

直直地看着前方——毕竟

是男人，搔首弄姿的女人

正视镜头——毕竟

是女人）走在沙漠中


东一 Renown 的广告

只写着这些

IT'S MY LIFE – Simple Life


（简单！）

Simple Life，啊，这象征性的

辽阔沙漠哟

连块投向生之马场的

小石头都没有

　　　　　　——节选自《这是我的生活》


　　这首诗照搬了商品广告的意象和语句，在作品中，这种意象和语句成为自我颠覆的新符号。通过这种方式，吴圭原证实了语言的堕落和死亡，唤醒我们埋没其中的思想意识。这种诗歌创作既是对被污染的语言提出警告，也是对堕落的资本主义社会进行批判。

另一方面，为了恢复语言的纯粹性，吴圭原剥掉了语言"意思的外衣"。恢复语言的纯粹性也是一种剥去强加给世界和事物的观念、与纯粹的世界进行交流的努力，即一种将世界和事物从人的固定观念中解放出来的努力。《道路、胡同、宾馆与江水声》（1994）、《西红柿红又甜》（1999）等诗集就是这种努力的结果。在这些诗集中，他用摆脱固定观念的意识和语言创造出世界的新意象。他用抹去了含义的纯粹语言和意象进行描写，并把这些尚未被赋予含义的意象命名为"生意象"。吴圭原还为自己的诗歌构建起精巧的诗歌理论，对于诗歌的逻辑和语言，很少有人像吴圭原进行如此深入的思考。

## 七　小说空间的扩大

进入 20 世纪 80 年代，社会变得更加复杂，而且前途莫测，面对这种社会现实，小说中的时间和空间也开始多样化。李文烈和林哲佑穿梭于过去和现在之间，主要采用寓言的手法间接反映现实，朴荣汉、梁贵子、姜石景分别对特定空间进行了集中探索，真实地描写出20世纪80年代的现实。此外，为了反映更加复杂的社会现实，与时代的外伤相比，这些作家更为关注时代的内伤。

李文烈（1948—）的作品世界极为丰富多彩，《人之子》（1979）发表之后引起了人们的关注，《人之子》从存在主义的观点探索了神的问题，在众多年轻读者中引起了很大反响，因为以小说的形式如此严肃地表现抽象思想的作品并不多见。李文烈堪称一位用流畅的文体和有趣的故事表达对生活和世界根源性省察的杰出作家。

《年轻时的肖像》（1981）、《你再也无法回到故乡》（1980）等作品以作家自身的青春岁月和故乡为题材，讲述了青春的苦恼和美好，《英雄时代》（1984）和《边境》（1989）中记录了由殖民地、分裂、战争组成的近代历史中韩国人承受的苦难和挫折、追求的理想与经历的矛盾。

如上所述，李文烈的小说大都从作家经历的个人事件或作家所处的历史和社会现实出发，对现实问题表现出极大的关注，但是他并不写实性地描写现实，而总是探索隐藏在现实背后操纵现实的力量和秩序。例如小说《为了皇帝》（1982）有趣地揭示出理想政治和现实政治之间本质性的背离，《费龙的猪》(1980)、《我们扭曲的英雄》(1987)、《好事难成》(1982)等作品也探讨了权力和群众的问题。这些作品对权力的性质进行了有意义的思考,表达了作家对充满暴力的当代政治现实所持的看法,因而很有意义。除此之外,《野牛》(1979)、《金翅鸟》(1982)探讨了艺术的本质,《诗人》(1990)探讨了文学的社会功能,这些作品同样表现出作家对八十年代文学界将文学看作思想理念与政治手段的批判性思考。因此,李文烈的小说作品大都具有针对时代和现实的寓意。

　　李文烈的小说表现出丰富的想象力,根据需要,他的想象力可以自由跨越东方与西方、古典与现代,不过他最引人注目的作品产生于想象力与东方经典的融合,《为了皇帝》如此,《金翅鸟》和《诗人》也是如此。李文烈以对东方典籍的丰富素养为基础,在过去的生活和精神中探讨当代的问题并寻找答案。《诗人》讲述的是一个真实的人物——19世纪流浪诗人金炳渊(又名金笠)的故事,作品以简洁、优美的文体表达出对政治、艺术以及艺术家人生的深入思考,作品充分运用了东方的知识传统。

　　朴荣汉(1947—)的《遥远的红河》(1978)和《人类的拂晓》(1980)是以越南战争为题材的作

品，旨在通过越南战争探究真实的人性。作家还通过日益城市化的农村反映出80年代韩国社会的风俗，代表作是《王龙一家》（1988）和《洼田村之爱》（1989），作家以首尔郊区一个叫"洼田村"的村庄为背景，具体描绘出当地的生活风俗。《王龙一家》题目中出现的"王龙"是洼田村的大地主，也是小说的主人公必勇的外号，他的性格和人生与赛珍珠《大地》中的王龙差不多。在这些小说中，其他人物的设置和性格也和《大地》类似。

洼田村是"睡衣"与"传统黑胶鞋"对立的地方，必勇家新儿媳的"睡衣"象征着时尚、高档的首尔文化，必勇的"黑色胶鞋"象征着土气、廉价的农村文化。在这种对立中，洼田村人逐渐接受了浅薄的都市文明。一辈子只爱土地的必勇年纪一大把了，竟然和首尔来的女人搞起婚外情，被骗去了钱财，变得自私自利的洼田村人让生性善良的洪氏变成了美国西部片中的主人公，作家"我"也被自己信任的白中校欺骗，损失了投资的辣椒钱，在这种环境下，工人裴日道和闵恭礼的真挚爱情也只能停留在司空见惯的婚外恋层次，曾经淳朴的银实也被城市流氓科威特朴夺走一切，成了疯女人。

在性关系方面也已堕落的洼田村成了没有人情、

盗贼肆虐的"地狱"。作家通过洼田村的这种面貌批判了社会价值从"土地"到"金钱"的转变，因为洼田村本身就是城市的丑恶得以再生产并发展壮大的地方。不过，与社会的这种变化本身相比，作品把焦点集中在了人们对此的反应上，作家用写实而诙谐的文体描绘出人类日渐凋敝的内心世界。

梁贵子（1955—）同样通过首尔郊区的村子"远美洞"有趣地描绘出 80 年代韩国社会的风俗，其长篇连载小说《远美洞的人们》（1987）中描写的远美洞原本与乡村无异，但是随着首尔的膨胀，这里变成了与首尔相似的地方，区别只是这里是进不了首尔的边缘人忧心忡忡生活的地方，这里可以说是曾经出现在黄皙暎、赵世熙、尹兴吉小说中的 70 年代人物 80 年代生活的地方。尽管生存的问题已经解决，但是人们精神上变得更加贫困、卑微，他们并不是为了伟大的理想，只是因为小小的欲望而互相争斗、互相欺骗。通过远美洞的这些人物，作家描绘出 80 年代韩国社会的缩影。

具体来看，作品中最先出场的是一个老人，他曾经是远美洞土生土长的地主，后来不得不卖掉升值了的土地，再也无法继续务农。在小说中，由于经济不景气，失业的家长不得不从事销售工作，经商失败后沦为给村里人干杂活的人。在这个地方，纯真的诗人成为施暴的对象，很多人对他遭受暴力袖手旁观。远美洞的人还利用两个店铺之间的矛盾和竞争一心谋求自身的利益。这里也居住着一些工人，他们一辈子都得住在没有厕所的地下室里。由于这里的生活十分野蛮，有些模范家长消失在了远美山的大自然之中。除此之外，这里也有与一贫如洗、无家可归的茶馆女子相恋的男人。作家对这些艰难度日的人深表同情，因为他们都在为生活在"幸福的国家"忍受痛苦。通过这些平凡的人物，作家批判八十年代病态的现实将人们变成了困兽。

姜石景（1951—）的小说《林中小屋》（1986）描绘了一个女大学生对时代的反抗和自杀，主人公苏阳既不能积极参与现实，也无法安于现实，尽情享受布尔乔亚生活。在积极参与学生运动的朋友明珠和现实主义者敬玉之间，她彷徨了一段时间，最终选择了自杀，因为她在思想上支持明珠，实际的立场却站在了敬玉一边。通过苏阳之死，作家批判社会僵化，形成了极端的二元对立，认为成年人的虚伪和民众运动的排他性加深了这种对立。

这部小说通过象征性的空间表现了这样一个主题。苏阳常去的"钟路"是年轻人释放欲望的地方，但这只是一个发泄的空间,却不是紧急出口,对苏阳来说,它是引发自虐和反抗的空间。作家把钟路比喻为"树林",象征着青春,又像迷宫一样充满混沌。因此树林中没有"屋子",屋子是可以自我放松的地方,苏阳就是因为没能在树林中找到真正的屋子,所以才会自杀。通过这种空间设定,作家对无法适应80年代社会的年轻人苦闷的内心世界进行了小说化。

林哲佑(1954—)描绘了被多种暴力牺牲的个人,主要通过南北分裂和光州惨案批判了历史的暴力。《父亲的土地》(1984)表现出未曾经历战争的一代人对南北分裂的新认识。在作品中,"我"是一个军人,通过一具偶然发现的无名尸体间接体验到上一代人的战争。作品借此告诫人们,就像捆绑尸体的铁丝尚未生锈一样,过去的悲剧今天仍在继续。《流产的夏季》(1985)、《不孕期》(1985)等作品借寓言的形式描绘了80年代光州民主化事件的悲剧。这些小说中出现的疯狂、流产、失踪、不孕不育、残疾、酷热等都意味着扭曲的现实,作家通过这种死亡及令人诅咒的意象揭露了政治暴力。后来,长篇小说《春日》(1997)更直接地用小说的形式将光州事件作为史实记录了下来。

作家林哲佑一直致力于反映韩国社会的暴力，《凸透镜》（1986）通过描写80年代充满暴力、怀疑和憎恶的大学对时代进行了批判，在《红房子》（1988）中，无辜的主人公被捕并遭到刑讯逼供，作品借此批判了政治权力对人的压制。这部作品交替使用被审讯者和审讯者的视角，表明审讯者也是时代的牺牲品，意味着时代堕落到热爱家庭的平凡人物在刑讯逼供时也没有任何罪恶感。如上所述，林哲佑一直都将暴力造成的绝望和痛苦作为小说的主要题材。

## 八 诗歌的时代与语言的解体

20世纪80年代初，韩国文学凭借新的文学能量呈现出勃勃生机，已有的主要文学杂志由于政治原因停刊或因为其他原因萎缩，年轻的文人组织起自己的文学团体，发行文学刊物，积极开展创作活动。这些年轻的文人摆脱了上一辈文人的影响，独立进行反抗性文学活动。这一时期涌现出很多优秀的年轻小说家，小说的想象力扩大，富有反抗精神的年轻诗人尤为活跃，得到了众多读者的喜爱，引起社会的关注。诗集在韩国社会中获得了前所未有的巨大销量,常常成为畅销书,因此,20世纪80年代初也被称为"诗歌的时代"。李晟馥、黄芝雨、崔胜镐、朴南喆、崔胜子、金惠顺、蒋正一等年轻诗人就是其中的主角。他们敌视已有的权威和秩序,甚至对已有的诗歌语言和语法进行解体,用诗歌表达自己对时代、对存在的反抗。他们的诗歌表现出与以前的诗歌不同的语言和想象力,因而获得了时代的响应。

李晟馥(1952—)在《滚动的石头何时梦醒》(1980)中用富有挑战性的想象力分析并揭露了病态的现实,他的诗歌使用痛苦而粗鲁的语言,而且没有逻辑性,却具有很强的感染力。因为诗人看到、体验到的世界病态而且充满矛盾,无法用理性、逻辑性的语言来表达,在病态的世界里,诗人也成为一个患者,口中吐出的是呻吟和咒骂。

> 一切都很神秘
> 在道路上撒尿的女孩子
> 和驼背男人,还有电子表都很神秘
> 被鞭打的马长嘶一声

一切都很神秘

折磨、蹂躏，又让他苟延残喘

一切都很神秘

爱的力量，死亡的力量，死去的花的力量

一切都很神秘

三百六十五天骆驼蹒跚而行。

得走多远，又得离多近

——节选自《口话》

黄芝雨（1952—）也认为病态的现实十分痛苦，但是他的语言与其说是呻吟，倒不如说更接近挖苦或揶揄。他的第一部诗集《连鸟儿也离去》（1983）表现出黄芝雨对病态现实的强烈否定，其中的诗作《连鸟儿也离去》通过对国歌的模仿讽刺了虚伪的爱国之心和不道德的国家权力。在技巧方面，它也否定传统的语法，使用了过激的实验性语言和想象力。在他的诗歌作品中，广告、新闻报道甚至漫画、涂鸦也成为创作题材。他的诗歌对权威进行了解体，对习惯进行了解体，对形式进行了破坏。

不过，黄芝雨诗歌的最大魅力在于生动的语言和鲜明的意象，他是一位具有独特语言感觉的诗人，这让其他人都难以望其项背。自第二部诗集《冬季——始于树木，春天——始于树木》（1985）之后，他时而借乏味枯燥的日常生活吟唱虚无，时而又努力从中寻找存在的价值。在这一过程中，他用鲜明的意象捕捉暗淡生活中转瞬即逝的起伏和自嘲的念头，从这一点来说，黄芝雨是一位文体家，也是一位印象派。

  所谓生活
  就是必须支付一些屈辱
  才能走过的道路。

  四处看看
  发现朝鲜八道
  风水宝地都是哨所

  韩丽水道
  是内航船划过长痕后形成的道路
  泡沫一般的道路呵

——节选自《路》

  李晟馥和黄芝雨诗歌的另一个特点是诗人直率地吐露自己极其隐秘的个人体验，毫不掩饰地揭示出生活中私密的内容，以便确保作品的真实性。这种倾向也突出表现在这一时期其他年轻诗人的诗歌中。朴南喆的诗集《地上人间》（1984）和崔胜子的诗集《这个时代的爱情》（1981）、金惠顺的诗集《另一颗星星上》（1981）等都用粗糙的独白式语言揭露生活的虚假、背叛以及现实的病态，表现出对传统的挑战和对生活的嘲弄。

金惠顺和崔胜子以独特的女性诗学打破了"女性诗歌"的传统概念，她们果敢地使用立足于女性身体的想象力取代了抒情诗端庄典雅的表达方式。

从初期诗歌开始，金惠顺（1955—）就一贯注重对对象的描写，而不是概念性的陈述。虽然事物存在于现实之中，但也存在于诗人无意识的现实之中，是诗人想象中的事物。她的描写有时将形成极端对比的事物结合成一种形象，使作品呈现出超现实主义的图景。90年代后半期，金惠顺用进一步加剧的分裂和不和谐表现这种图景及其含义的表面，其诗歌中的奇特幻想是孕育、成长于女性潜意识中的心理现实所创造的空间，其诗歌的呪术性句式、立足于女性身体的视角、寓言式的想象力以及戏剧性的设置、对直线时间结构的扰乱等脱中心化的表达展现出韩国女性诗歌新的可能性。

崔胜子（1952—）通过极端的自白式陈述批判了小市民的顺从主义，否定自身根据的伪恶性陈述将维新体制的压迫及其内部的残酷记忆诗歌化，充满恐怖、耻辱和自我厌恶的语言具有反抗压迫现实的意义。崔胜子通过女性身体的想象力和卑俗的词汇表现对现实的批判性想象力。她使用的自白体和格言揭露了自身黯淡的实际生活，这意味着发出了否定对生活积极认识的反常规性自我宣言。

崔胜镐（1954—）的诗歌执著地揭露都市文明的凋敝，在初期表现出抒情性倾向，在第二部诗集《刺猬村》（1985）及此后的多部诗集中，崔胜镐用怪诞的意象描绘出堕落的文明、风俗以及在污浊环境中的生活。不过，从根本上来说崔胜镐的思想受到佛教的很大影响，对她而言，佛教空的思想既是映射出堕落世界的心镜，也是心灵所向往的终极目标。例如，在以下的诗歌中，崔胜镐告诫人们，人的生活正在越来越像刺猬。

    山体为什么在半夜崩塌，
    一下子摧毁了山谷中的房屋？
    熊为什么攻击村庄？
    山火为什么蔓延到村边的山上？

半夜里,村里人举起火把,
半夜里,村子里人声鼎沸。

在刺猬村里,
我们全身长出尖刺儿。
平和的人关紧了门,
也许梦里还在被熊追赶。

——节选自《村子》

在这首诗歌中,一个各方面看来应该祥和安宁的村子却发生了意外的灾祸和不吉利的事,在大自然的力量和命运不公平的攻击面前,人类的村庄不堪一击,其中包含着对"村庄"所象征的城市和文明启示录式的省察与批判。崔胜镐对都市生活的批判性认识逐渐扩大,最终表现出从根本上否定资本主义物质文明本身的想象力。

## 第 四 章

# 大众消费社会的文学
# (1990—2000 年)

## 一 概 况

进入 20 世纪 90 年代,韩国的政治民主化取得了很大进展,支配韩国社会半个世纪的集体诉求——政治民主化很大程度上已经实现。此外,20 世纪 80 年代后半期东欧社会主义阵营又发生了和平演变,在这一世界历史变化过程中,政治理念的力量被大大削弱。

在政治发生变化的同时,韩国国民的日常生活也发生了很大的变化。1988 年首尔奥林匹克运动会举办前后,韩国社会成为了一个程度很高的消费社会,日常生活的空间和氛围发生了变化,对消费生活的感觉也发生了变化。曾经比较单调的商品外形和颜色开始变得华美多彩,街头的风景也与以前大不相同,韩国社会与外国官方、私人的交流都非常活跃,出国旅游成为日常生活的一部分。除此之外,大众文化产业和休闲产业也取得了很大发展。

随着日常生活的这些变化,人们的审美意识、价值观和思想也发生了变化。在此之前,为了实现国家经济发展和政治民主化,追求个人快乐和自由的价值观一度受到压制,从这时起它开始得以强调。与理念和公共善相比人们努力追求的是个人的幸福,强烈的个人欲望取代集体欲望,充斥于整个社会之中。年轻一代表现出脱离社会传统、义务和伦理在华丽的大众文化和丰富的消费生活中积极追求个人的倾向,他们全新的价值观和生活方式扩散到了整个社会。

另外,90年代以后,韩国的商业性大众文化一派繁荣,因特网等数字文化迅速普及,大众文化的明星成为年轻人的偶像,大众文化成为生活的范本。大众文化传播新的感觉和欲望,成为90年代韩国的主流文化,在学校、职场和家庭中迅速普及的电脑和因特网也成为90年代大大改变韩国社会的主角。

90年代末，韩国成为世界上因特网网民所占人口比例最高的国家，日常生活方式开始以电脑和因特网为中心，人们成为大众文化和因特网的积极消费者，从那里学习新的欲望和感觉，获取新的关系和快乐，这就是新世界。

个人欲求取代对社会的关心，成为积极追求的目标。在大众文化和因特网主导的新世界，文学和艺术也呈现出与以前不同的面貌，年轻的诗人们有着大众文化的感性，对大众文化和因特网的诱惑做出积极的响应，与此同时，他们也体验到主体的丧失、欲望的异化以及价值观的混乱。蒋正一、柳夏、李文宰、咸敏复等诗人就像迷途的孩子或吉卜赛人一样在大众文化中流浪，他们吟咏华丽世界背后的无聊、虚无与乏味。对他们来说，大众消费社会既是批判、抗拒的对象，也是充满诱惑而且无法摆脱的海市蜃楼。金基泽、张锡南、许秀卿、罗喜德、崔正礼等诗人以特有的方式吟唱被华丽世界冷落的生活，在他们的诗歌中，日常生活丧失了安定的基础，发生破裂，充斥着爱的丧失、无法满足的欲望、存在的不安、关系的断绝等精神痛苦。

对作家来说，华丽而快乐的大众消费社会既是诱惑的对象，也是抗拒、批判的对象，尹大宁、李舜源、金英夏小说中的人物是大众文化的积极消费者，他们不受社会秩序和习惯的约束，过着自由的生活，这些人的生活表现出大众消费社会中新的生活方式和价值观。但是，作家们最终表明这些人的生活极其空虚、无聊，对新的世界做出了悲观的判断。河一志、成硕济、申京淑的小说以另外的方式反抗大众消费社会，河一志描绘出一个让人们的欲望无限膨胀却又不让人满足的世界，成硕济用玩笑式的旧式想象力和文体讽刺新的世界，申京淑用女性化、内在化的舒缓文体对抗轻松、欢快的世界。

这一时期韩国小说的另一个特点是年轻女作家非常活跃，申京淑、孔枝泳、殷熙耕、金仁淑、徐河辰、赵京兰、全镜潾、河成兰、裴琇亚等女作家为女性的欲望代言，批判以男性为中心的社会秩序和习惯。她们笔下的女主人公试图摆脱家庭束缚，通过性解放实现自身价值，通过这些女主人公，女作家们主张女性的自由和解放。

## 二 都市想象力与女性化抒情

进入20世纪90年代，20世纪70年代标榜政治想象力的诗歌退潮，取而代之的是表现新都市感性的新一代诗歌。这些作品减少了对社会的关注，开始表现都市的日常意象，消费社会的各个文化领域成为诗歌的素材。另一方面，新一代诗人继续对一度萎缩的抒情诗传统进行了改造。女诗人引领的新抒情用女性化的想象力丰富了抒情诗的传统，使诗歌语言更加充实。

蒋正一（1962—）是一位鲜明表现出 20 世纪 80 年代后半期韩国诗歌变化的诗人，他批判消费社会的制度性支配和物化，同时又揭示出虚假乐园的诱惑。他的想象力比前卫的前辈诗人更加天马行空，因为消费社会的生活生态和韵律已经融入他的诗歌之中。

>过去我冥想的是黄金和梦想，
>是非常坚硬或透明的东西。
>然而现在，我对软软的东西也要开始冥想。
>
>今天，我要冥想的是做汉堡包，
>不需要很多材料，谁都能轻松地做出来，
>而且口味上乘、营养丰富。
>
>——节选自《对汉堡包的冥想》

在这一作品中，消费社会的日常生活象征——汉堡包取代"金子"和"梦想"成为叙述者的冥想对象，"这种可以当家庭烹饪书来用的诗歌"打破了传统抒情诗的表述规则和权威，蒋正一就这样用富有弹性的表述方法表现都市日常的感性。20世纪90年代以后，蒋正一在小说中进一步展开了自己丰富的想象力，在《当亚当睁开眼睛》（1990）等小说中，他打破了写实主义的清规戒律，以游戏性写作批判了制度性父权，他的代表作不仅表现出对全新消费社会的感受，还包含着独特的神话想象力。

柳夏（1963—）是一位将大众文化的想象力纳入诗歌的诗人，他的第一部诗集《武林日记》（1989）通过对非主流文化的一个类型——武侠小说的模仿讽刺政治现实，第二部诗集《刮风的日子要去狎鸥亭洞》（1991）中"狎鸥亭洞"是展现资本主义景观的场所，在作品中，诗人通过意象的联想描绘出堪称欲望万花筒的街头风景，对世俗城市充满欲望的面貌进行了反思。这时，通过联想形成的语言游戏成为重要的修辞手段。

烈焰般的愿望造就了这不夜之城，
大睁着眼睛的食欲，还有那火的盛会、色的

飨宴，
　　只要看上一眼，眼里就会溢出口水，
　　那个只为让灯更亮而挑起灯芯的时代已经过去。

　　在汉江凛冽的寒风中，
　　蜡烛的孩子们看起来那么伟岸、轩昂，
　　因为围着他们的这座城市本身
　　就是一个巨大的水晶吊灯。
　　　　——节选自《刮风的日子要去狎鸥亭洞4》

诗人一方面描绘出城市不夜城的诱惑，一方面批判性地反思其中堕落的欲望，他描绘出官能的欲望横流的街道，将其与"河奈台①"所象征的神圣空间进行了对比。大众文化和非主流文化的空间对诗人来说既是象征消费社会的意象，也是记忆中实际存在的场所。在《世运商街少年的爱情》（1995）、《一千零一个关于马的故事》（2001）等诗集中，他对"世运商街"和"赛马场"及其他城市空间进行了探讨，不过，在作品中他始终保持了自己抒情的

---

① 地名，位于韩国全罗北道高昌郡。

声音。

张锡南(1965—)是敏锐表现出90年代新抒情诗特点的诗人之一,他的第一部诗集《逃向鸟群》(1991)表现出新一代诗人对抒情性语言的进一步发展,他的诗歌在字里行间留下了沉默,目的是通过对语言的节制捕捉事物和心灵细微的颤动。

> 是谁躺在欧椋鸟的叫声中?
> 虽然春天的阳光硬邦邦的,
> 让人无法考虑很久,
> 但是我知道,
> 很长一段岁月过后,
> 那些飞翔的鸟儿会将你抬向某处。
> 即便在阳光下,它们也会越过黑暗,
> 把自己的叫声
> 带到某个陡峭的山坡。
>
> ——节选自《逃向鸟群》

鸟群的叫声抬着诗歌的话者去的地方是"敞亮的坟头"、"米下锅的声音"以及"灶口",这些意象也可以说是心灵的故乡。张锡南的话语中包含着回归本心的行动,而所谓的逃与其说是逃避,不如说是逃到提醒人们生活痛苦的纯洁回忆中去。张锡南用感性的语言对传统抒情诗的情绪精雕细琢,将心灵的风景化作语言的和声,他的《现在好不容易不会思念任何人》(1995)、《湿湿的眼睛》(1998)、《左胸下方的疼痛》(2001)等一系列作品重点并不是反映现实,而是展示了再现记忆的温柔语言。

　　崔正礼(1955—)的诗歌表现出发掘生命记忆的想象力,诗人通过时间的碎片具体表达出对生命矛盾的实际感受,但是这并不意味着叙述某种客观存在的事件,诗人通过重新组织这种体验的碎片暗示其他的生命时间。她的诗歌与其说是回忆过去,倒不如说是潜入记忆的裂缝,唤起记忆的碎片,其中的记忆有时陌生而模糊。

> 去西天溪水边捕鱼,
> 在棉棒上蘸上石油,
> 深夜点燃我黑色的火把,
> 鲫鱼就会呆呆地浮在那里不动,
> 拥抱着流淌的溪水而眠。
> 就算把没有底的洋铁桶拿过去,
> 它们也以为世界仍在流淌,
> 呆在那里一动不动。

姐姐死的时候也是这个样子,
呆呆地大睁着善良的眼睛,
大大地张着嘴巴。

——《西天1》

　　捕鱼和关于姐姐之死的记忆是悲伤的记忆,也包含着对无法达到的时间的省察。诗人有节制的表达和诗行之间的沉默表现出这种记忆的破碎,诗歌在这种缝隙中让人们体会到生活根本性的不幸,作品模糊的主题和包含沉默的诗歌语言是表现这种生命悖论的手段。从第一部诗集《我耳中的竹林》(1994)到《阳光中的老虎》和《红色的田地》(2001),诗人用更忠实的语言表达了这种抒情。

　　许秀卿(1964—)以乡土性的感情和韵律表现出抚慰世间一切痛苦的感性,她的第一部诗集《哪里有比悲伤更好的养分》(1988)从广义上来说与民众诗更为接近,但是到了《独自去遥远的家》(1992),她的诗歌超越了这一层次,表现出女性成熟的感性。许秀卿的诗歌最闪光的部分是用通俗的韵律拥抱世俗生活的褴褛与悲哀。许秀卿的通俗性并不是老套的感伤,而是抚慰人生的桎梏与他者伤口的母性。

当病痛的梦再次获得时间,
一定要去明亮、疼痛的地方,
当空地上升起的彩虹,
当岁月中再次疼痛。

得不到身体的心灵之唇,
会摩挲着某片草叶,
抚慰得不到话语的梦想。

——节选自《空地之恋》

许秀卿的恋歌抚慰着"老"伤口,因此,这种伤口虽然疼痛,却并不悲戚。诗人的诗歌成为"得不到身体的心灵之唇"吟唱的歌曲,对世俗清贫生活的热爱显示出强大的感染力。许秀卿的作品是以母性仁厚的感性慰藉世间不幸的抒情诗,从这一角度来说,她的作品表现出韩国女性诗歌新的可能性。在她经过长期沉默后创作的诗集《虽然我的灵魂已老》(2001)中,这种感性与思索时间更长的神话想象力融合在了一起。

罗喜德(1966—)是一位观察微妙的心理色彩和事物颜色的诗人,她的抒情性不是以主观感情形容事物,而是省察生活与事物及自我发现的诗学,基于母性的怜悯是其中的主流。

> 在地下深处，当你还是我的根，
> 我胸中虫子沸沸盈盈，
> 但是现在却空空荡荡。
> 当你绿色的茎昂首在阳光下闪耀，
> 我会在某个坡地上被翻作松软的土。
>
> ——节选自《致根》

软软的泥土和根的关系可以看作是大地的母性与生命力的关系，在这一作品中，女性温暖的感性像"善良的容器"一样包容对方，创造出端雅的抒情空间。继第一部诗集《致根》（1991）之后，在《那句话染了叶子》（1994）和《那里不远》（1997）、《变暗》（2001）等诗集中，纯净的抒情性与更加丰富的女性化意象相互交融，罗喜德的省察变得更加成熟，她直视生活本质的黑暗，从中解读层层包裹的心灵，探寻人生的深层含义。

## 三 逃避的想象力与新写实主义

20世纪90年代，表现出崭新感性的年轻作家主导了韩国小说,他们发表了新倾向的小说,反映出日常生活在向消费型社会转变,因而受到了瞩目。他们有一个突出的倾向,那就是摆脱了传统的叙事手法,强调新的文体和美学,试图通过想象探索新的可能性世界(possible world)。他们不注重模仿已经在社会上流行的写实主义,而是努力通过想象构建新的写实主义。

申京淑(1963—)是一位表现出独特文体之美的作家,她用富有个性的文体描写无法靠近的思念或无法实现的爱情。她的文体是敏感而充满张力的感觉音符,试图说明无法说明的东西,试图走进无法靠近的东西。这些音符细腻地演奏出作家充满诗歌般抒情的内心世界,让人直视事物内部深深的阴影。艰难生存的艰辛、失败的焦虑、苦苦支撑的生命气息、表达热烈渴望的语言等结合在一起,让她创造出独具特色的小说世界。简而言之,申京淑是一位以富有个性的文体和显微镜式的观察力深入捕捉人物内心及其变化的作家。在《曾放风琴的地方》(1992)、《打羽毛球的女人》(1992)等优秀短篇小说中,申京淑创造了自己独特的文体美学,在长篇小说《单人房》(1995)中,她用抒情的文体表现出自己从事文学创作的起源和形成过程。虽然家境并不富裕，但主人公"我"在成长过程中也没受多大苦，十六岁时，"我"离开家乡，来到九老工业园的一家电子公司工作，并在企业办的夜校读高中，从那以后直到进入大学读书，"我"在"单人房"里生活了四年。作家细细回味那段时间的痛苦记忆，"单人房"的生活充满了苦难和创伤，是一个典型的苦难历程。主人公离开故乡，经历了"单人房"的生活后，开始学习写作。离开故乡时，就像在梦中白鹭"朝星星优雅地高高"飞去一样，主人公热切地渴望成为作家。为了实现这个梦想，主人公经历了各种痛苦和创伤，创伤是人生经历中的核心，这暗示这种经历的具体结果——她的文学成就就建立在伤痕之上。申京淑的自传体小说《单人房》还阐释了是什么支撑着她的小说。

尹大宁（1962—）颠覆了传统的叙事手法，展开了新的想象力。他的小说讲的大都是在现实中绝望的人的故事。在很多小说中，尹大宁的主人公梦想着回归存在的源头，男性人物以女性人物为媒介摆脱平凡的日常生活，追求真正的自我和生活的意义。例如，某个男性主人公通过与女性梦幻般的性爱，陷入"数万条银鱼群穿过汹涌波涛逆流游向某处的幻觉"（《银鱼》）中。尹大宁擅长用推理小说的结构阐述多少有些抽象的主题,用感性的意象将存在主义思想形象化。他的文体很像诗歌,常常使用绚烂的比喻,给人留下很深的印象。尹大宁的小说告诉我们,韩国小说正在发生变化,它的新发展方向是从社会学想象力扩展到神话想象力,从写实主义扩展到超级写实主义。例如,《钓银鱼通讯》(1994)以一个30岁出头的男性为主人公,用第一人称的视角讲述了一个典型的梦想摆脱乏味日常生活回归存在源头的永恒回归主题。长篇小说《去看老电影》(1995)讲述了由于时间错乱、记忆丧失陷入"原始混沌"状态中的人物恢复记忆逐渐发现自我正体性的过程。由于少年时期受到的冲击,主人公热切地期待着"恢复我当时的正体性,并恢复我自己"。记忆丧失造成自我认同的混乱,使他从一个步步高升的大企业企划室中坚干部沦落为一个给人打工的可怜翻译。这时,受到突然出现的老朋友指点,他开始进行回归问题起源的无意识旅行,恢复了曾经失去的记忆,重新发现了生活的意义。尹大宁的叙事方法——现实中的绝望与分离、永远回归源头的旅行、回归和新生的发现具有单一神话(monomyth)的结构。他的小说就以这种方式主导了20世纪90年代的小说美学,深入描绘出精神彷徨的当代年轻人忧郁的内心，引起了很大的反响。

　　成硕济（1960—）是一位凭借口头文学的想象力满足讲故事的欲望并以此为乐的特殊作家，他从小说出现之前的各种琐碎故事中获取小说素材，比如借用近代小说之前的野谈、传记等，对遍布于社会边缘的众多素材（痞子、市井流氓、恶棍、流浪汉、混混等的故事）赋予新的生机，生动活泼地扩大故事的范畴，并巧妙地穿梭在真与假、想象与实际、过去与现在之间，表现出一个讲故事者富有个性的面貌。他既准确地省察现实的各种痛苦及无法承受的存在之重，又懂得如何将其通过轻松的笑谈表达出来。他对沉重的理性中心主义固定观念进行了解剖，提供了在笑谈中享受高级叙事的自由空间，他用活泼、轻松的机智、正大光明的修辞、灵活的文体、令人既熟悉又陌生的故事构建出开放的文本。在有趣的流浪汉小说《寻找国王》（1996）、以诙谐的探索开启成长小说新时代的《宫殿鸟》（1998）、讲述一个盗贼波澜起伏经历的《纯情》（2000）等数部小说中，成硕济找回了口语失去的活力，使故事结构充满了生机。《纯情》诙谐有趣地讲述了一个出生背景不明的孩子初恋失败后成为盗贼、提高偷窃技巧以及没落、逃跑的过程，尽管故事情节简单，却深深地吸引了读者，这是因为作家特有的口语充满了令人愉快的活力。人们在成硕济的小说中可以充分享受插科打诨与诙谐、吹牛与夸张等自由的语言游戏所带来的欢乐。在这些小说中，玩笑的叙事能力自由自在地超越现实原则的顽固框架，并让人多次体验到现实生活的痛苦。这时，笑和痛苦相互结合，灵活地形成二者间紧张的空间。因为痛苦，轻松的笑不会沦为轻薄的笑，既对痛苦感到苦恼，又以笑的弹性和张力对生活注入无限活力。作家成硕济的叙事话语力图通过这种笑与痛苦的紧张关系提供重新省察生活、承受现实的活力。

金英夏（1968—）是以游戏的冲动组织故事的作家。如他所说，"被迫献上自由和叛逆的才能，得到的只是生存的屈辱"（《吸血鬼》），在这种被阉割的现实中，他试图以自由的游戏冲动超越阉割的恐惧和不安，这与跨越传统叙述程序冲向新文本的冲动叠加在了一起。金英夏凭借穿透现实、直视幻觉的直观破坏传统的界限，寻找新的认识标准。他的游戏冲动在叙事内容方面表现为死亡、消失、虚无的快乐，这种快乐包含在主体自恋的欲望之中，在外向的虐待狂和内向的受虐狂相互作用下这种快乐的表述更为强烈。金英夏笔下的人物大都体验过某种根本性的心里空虚,并在这种经历的基础上体验幻觉,他们明确地表现出主体的危机和存在的危机感,是消费社会和后现代主义症候组成的新的心理复合体。作家娴熟地建构虚构的环境,创造有趣的人物性格,制造新的叙述程序,创作出新的文本。《我有破坏自己的权利》(1996)讲述了一个认为生活比死亡更病态的世纪末小恶魔的故事,新鲜的是主人公是一个自杀设计者或者说自杀指导者,他寻找能够与自己交流的人,诱导他们自杀,并为他们设计好方案,帮助他们付诸实施。在他有意的计划下,极端厌倦每天的生活、一心向往北极的女人和在现实与想象之间苦恼、常常沉溺于疯狂中的前卫表演艺术家自杀。在这个故事的前后,就像个框架一样象征性地放置了关于死亡的两幅画(大卫的《马拉之死》和德拉克洛瓦的《沙达纳帕路斯之死》)。在这一叙述过程中,作家以提供多种叙事信息的多层结构方式和独特的人物性格描写构建起引人入胜的小说空间。